Ferdinand von Schirach
Glück und andere Verbrechen

PIPER

Zu diesem Buch

Die Verfilmung von Ferdinand von Schirachs berührender Kurzgeschichte durch die Erfolgsregisseurin Doris Dörrie ist eines der großen Kinoereignisse des Jahres 2012. Die Sonderausgabe zum Film enthält neben der Originalgeschichte »Glück« sämtliche Kurzgeschichten aus dem Bestseller »Verbrechen« und bietet 16 Seiten exklusives Bildmaterial zum Film.

Ferdinand von Schirach, geboren 1964 in München, arbeitet seit 1994 als Anwalt und Strafverteidiger in Berlin. Zu seinen Mandanten gehörten das frühere Politbüro Günter Schabowski, der ehemalige BND-Spion Norbert Juretzko, Industrielle, Prominente und Angehörige der Unterwelt. Mit »Verbrechen«, seinem erzählerischen Debüt, gelang ihm auf Anhieb der Durchbruch als literarischer Autor. Die Übersetzungsrechte wurden in über 30 Länder verkauft und die darin enthaltene Kurzgeschichte »Glück« von Erfolgsregisseurin Doris Dörrie verfilmt. Das Buch stand monatelang auf der Spiegel-Bestsellerliste und wurde mit dem Heinrich-von-Kleist-Preis ausgezeichnet. 2010 erschien unter dem Titel »Schuld« ein zweiter Band mit Stories, 2011 der Roman »Der Fall Collini«.

Ferdinand von Schirach

GLÜCK

und andere Verbrechen

Die Filmausgabe des Bestsellers »Verbrechen«

Mit 16 Seiten farbigem Bildteil

Piper München Zürich

Mehr über unsere Autoren und Bücher:
www.piper.de

Von Ferdinand von Schirach liegen bei Piper vor:
Verbrechen
Schuld
Der Fall Collini

ABBILDUNGSNACHWEIS
Tafel 1, 3–16: Constantin Film / Mathias Bothor / Photoselection
Tafel 2: Constantin Film / Hanno Lentz

FSC
www.fsc.org
MIX
Papier aus verantwortungsvollen Quellen
FSC® C083411

Erweiterte Taschenbuchausgabe
März 2012

Umschlaggestaltung: semper smile, München
Umschlagmotiv: Constantin Film / Mathias Bothor / Photoselection
Satz: Satz für Satz. Barbara Reischmann, Leutkirch
Gesetzt aus der Dante
Papier: Munken Print von Arctic Paper Munkedals AB, Schweden
Druck und Bindung: CPI – Clausen & Bosse, Leck
Printed in Germany ISBN 978-3-492-30030-8

Die Wirklichkeit, von der wir sprechen können,
ist nie die Wirklichkeit an sich.

(Werner K. Heisenberg)

Vorwort

Jim Jarmusch hat einmal gesagt, er würde lieber einen Film über einen Mann machen, der mit seinem Hund spazieren geht, als über den Kaiser von China. Mir geht es genauso. Ich schreibe über Strafverfahren, ich habe in mehr als siebenhundert verteidigt. Aber eigentlich schreibe ich über den Menschen, über sein Scheitern, seine Schuld und seine Großartigkeit.

Ich hatte einen Onkel, der Vorsitzender Richter an einem Schwurgericht war. Diese Gerichte sind für Tötungsdelikte, für Mord und Totschlag, zuständig. Er erzählte uns Fälle, die wir als Kinder verstanden haben. Sie begannen immer damit, dass er sagte: »Die meisten Dinge sind kompliziert, und mit der Schuld ist es so eine Sache.«

Er hatte recht. Wir laufen den Dingen hinterher, sie sind schneller als wir, und am Ende können wir sie nicht erreichen. Ich erzähle von Mördern, Drogendealern, Bankräubern und Prostituierten. Sie haben ihre Geschichte, und sie unterscheiden sich nicht sehr von uns. Wir tanzen unser Leben lang auf einer dünnen Schicht aus Eis, darunter ist es kalt, und man stirbt schnell. Manche trägt das Eis nicht, und sie brechen ein. Das ist der Moment, der mich interessiert. Wenn wir Glück haben, passiert es nicht, und wir tanzen weiter. Wenn wir Glück haben.

Mein Onkel, der Richter, war im Krieg bei der Marine, sein linker Arm und seine rechte Hand wurden von einer Granate abgerissen. Er hat trotzdem lange nicht aufgegeben. Man sagt, er sei ein guter Richter gewesen, menschlich, ein aufrechter, gerechter Mann. Er ging gerne auf die Jagd, er hatte ein kleines Revier. Eines Morgens ging er in den Wald, er nahm den Doppellauf seine Schrotflinte in den Mund und drückte mit dem Stumpf seines rechten Armes ab. Er trug einen schwarzen Rollkragenpulli, sein Jackett hatte er über einen Zweig gehängt. Sein Kopf zerplatzte. Viel später habe ich die Bilder gesehen. Er hinterließ einen kurzen Brief an seinen besten Freund, er schrieb, dass er einfach genug habe. Der Brief begann mit den Worten: »Die meisten Dinge sind kompliziert, und mit der Schuld ist es so eine Sache.« Er fehlt mir immer noch. Jeden Tag.

Von solchen Menschen und ihren Geschichten handelt das Buch.

Fähner

Friedhelm Fähner war sein Leben lang praktischer Arzt in Rottweil gewesen, 2800 Krankenscheine pro Jahr, Praxis an der Hauptstraße, Vorsitzender des Kulturkreises Ägypten, Mitglied im Lionsclub, keine Straftaten, nicht einmal Ordnungswidrigkeiten. Neben seinem Haus besaß er zwei Mietshäuser, einen drei Jahre alten Mercedes E-Klasse mit Lederausstattung und Klimaautomatik, etwa 750000 Euro in Aktien und Obligationen und eine Kapitallebensversicherung. Fähner hatte keine Kinder. Seine einzige noch lebende Verwandte war seine sechs Jahre jüngere Schwester, die mit ihrem Mann und zwei Kindern in Stuttgart lebte. Über Fähners Leben hätte es eigentlich nichts zu erzählen gegeben.

Bis auf die Sache mit Ingrid.

—

Mit 24 Jahren hatte Fähner Ingrid auf dem sechzigsten Geburtstag seines Vaters kennengelernt. Auch sein Vater war Arzt in Rottweil gewesen.

Rottweil ist eine durch und durch bürgerliche Stadt. Jedem Fremden wird ungefragt erklärt, die Stadt sei von den Staufern gegründet und die älteste in Baden-Württemberg. Tatsächlich trifft man hier auf mittelalterliche Erker und hübsche Stechschilder aus dem 16. Jahrhundert. Die Fähners waren schon immer hier. Sie gehörten zu den sogenannten ersten Familien der Stadt, waren anerkannte Ärzte, Richter und Apotheker.

Friedhelm Fähner ähnelte dem jungen John F. Kennedy. Er hatte ein freundliches Gesicht, man hielt ihn für einen sorglosen Menschen, die Dinge glückten ihm. Nur wenn man genauer hinsah, fiel etwas Trauriges, etwas Altes und Dunkles in seinen Zügen auf, wie man es nicht selten in dieser Gegend zwischen Schwarzwald und schwäbischer Alb sieht.

Ingrids Eltern, Apotheker in Rottweil, brachten ihre Tochter zu der Feier mit. Sie war drei Jahre älter als Fähner, eine handfeste Provinzschönheit mit schweren Brüsten. Wasserblaue Augen, schwarze Haare, blasse Haut – sie war sich ihrer Wirkung bewusst. Die seltsam hohe, metallische Stimme, die keinerlei Modulation zuließ, irritierte Fähner. Nur wenn sie leise sprach, hatten ihre Sätze eine Melodie.

Sie hatte die Realschule nicht abgeschlossen und arbeitete als Kellnerin. »Vorübergehend«, sagte sie zu Fähner. Ihm war das gleichgültig. Sie war ihm auf einem anderen Gebiet, das ihn mehr interessierte, weit voraus. Fähner hatte bis dahin nur zwei kurze sexuelle Kontakte mit Frauen gehabt; sie hatten ihn eher verunsichert. Er verliebte sich sofort in Ingrid.

Zwei Tage nach der Feier verführte sie ihn nach einem Picknick. Sie lagen in einer Wetterhütte, und Ingrid machte ihre Sache gut. Fähner war so durcheinander, dass er sie schon eine Woche später bat, ihn zu heiraten. Ohne zu zögern, nahm sie an: Fähner war eine sogenannte gute Partie, er studierte Medizin in München, er war attraktiv und liebevoll, und er stand kurz vor dem ersten Examen. Vor allem aber zog seine Ernsthaftigkeit sie an. Sie konnte das nicht formulieren, aber sie sagte ihrer Freundin, Fähner werde sie nie sitzen lassen. Vier Monate später wohnte sie bei ihm.

Die Hochzeitsreise ging nach Kairo, es war sein Wunsch. Wenn man ihn später nach Ägypten fragte, sagte er, es sei »schwerelos«, auch wenn er wusste, dass ihn niemand verstand. Er war dort der junge Parsifal, der reine Tor, und er war glücklich. Es war das letzte Mal in seinem Leben.

Am Abend vor der Rückreise lagen sie im Hotelzimmer. Die Fenster waren geöffnet, es war immer noch zu heiß, die Luft staute sich in dem kleinen Zimmer. Es war ein billiges Hotel, es roch nach faulem Obst, und von unten hörten sie den Straßenlärm.

Trotz der Hitze hatten sie miteinander geschlafen. Fähner lag auf dem Rücken und verfolgte die Drehungen des Deckenventilators, Ingrid rauchte eine Zigarette. Sie drehte sich zur Seite, stützte ihren Kopf auf eine Hand und sah ihn an. Er lächelte. Sie schwiegen lange.

Dann begann sie zu erzählen. Sie erzählte von den Männern vor Fähner, von Enttäuschungen und Fehlern, aber vor allem von dem französischen Oberleutnant, der sie geschwängert hatte, und von der Abtreibung, die sie fast getötet hätte. Sie weinte. Er erschrak und nahm sie in die Arme. Auf seiner Brust spürte er ihren Herzschlag, er war hilflos. Sie ist mir anvertraut, dachte er.

»Du musst mir schwören, dass du auf mich aufpasst. Du darfst mich nie verlassen.« Ingrids Stimme zitterte.

Es rührte ihn, er wollte sie beruhigen, er habe das doch schon in der Kirche bei der Hochzeit geschworen, er sei glücklich mit ihr, er wolle …

Sie unterbrach ihn hart, ihre Stimme wurde lauter, sie hatte jetzt den metallisch-farblosen Klang. »Schwöre es!«

Und plötzlich verstand er. Das war kein Gespräch unter Liebenden, der Ventilator, Kairo, die Pyramiden, die Hitze des Hotelzimmers – alle Klischees verschwanden schlagartig. Er schob sie ein Stück von sich, um ihr in die Augen sehen zu können. Dann sagte er es. Er sagte es langsam, und er wusste, was er sagte. »Ich schwöre es.«

Er zog sie wieder zu sich und küsste ihr Gesicht. Sie schliefen noch einmal miteinander. Diesmal war es anders. Sie saß auf ihm, sie nahm sich, was sie wollte. Sie waren ernst, fremd und einsam. Als sie kam, schlug sie ihm ins Gesicht. Später lag er noch lange wach und starrte an die Decke. Der Strom war ausgefallen, der Ventilator bewegte sich nicht mehr.

—

Natürlich bestand Fähner sein Examen mit Auszeichnungen, legte seine Promotion ab und bekam eine erste Stelle im Kreiskrankenhaus Rottweil. Sie fanden eine Wohnung, drei Zimmer, Bad, Blick auf den Waldrand.

Als der Hausrat in München eingepackt wurde, warf sie seine Plattensammlung weg. Er bemerkte es erst beim Einzug in die neue Wohnung. Sie sagte, sie könne die Platten nicht ausstehen, er habe sie mit anderen Frauen gehört. Fähner war wütend. Sie sprachen zwei Tage fast nicht miteinander.

Fähner mochte die Klarheit des Bauhauses – sie richtete die Wohnung in Eiche und Kiefer ein, hängte Gardinen vor die Fenster und kaufte bunte Bettwäsche. Selbst die gestickten Untersetzer und die Zinnbecher nahm er hin, er wollte sie nicht bevormunden.

Einige Wochen später erklärte Ingrid, es störe sie, wie er sein Besteck halte. Anfangs lachte er und meinte, sie sei kindisch. Sie wiederholte den Vorwurf am nächsten Tag und die Tage darauf. Und weil sie es ernst nahm, hielt er das Messer anders.

Ingrid beschwerte sich, dass er den Müll nicht runterbringe. Er redete sich ein, dass das nur Anfangsschwierigkeiten seien. Bald darauf warf sie ihm vor, dass er zu spät nach Hause komme, er habe mit anderen Frauen geflirtet.

Die Vorwürfe rissen nicht ab, bald hörte er sie täglich. Er sei unordentlich, er verschmutze seine Hemden, er zerknittere die Zeitung, er rieche schlecht, er denke nur an sich, er rede Unsinn, er betrüge sie. Fähner verteidigte sich kaum noch.

Nach einigen Jahren begannen die Beschimpfungen. Zuerst verhalten, dann immer massiver. Er sei ein Schwein, er quäle sie, er sei ein Schwachkopf. Dann kamen die Fäkalsprache und das Anschreien. Er gab auf. Nachts stand er auf und las Science-Fiction-Romane. Wie zu seinen Studentenzeiten joggte er täglich eine Stunde. Sie schliefen schon lange nicht mehr miteinander. Er bekam Angebote von anderen Frauen, aber er hatte keine Affären. Mit 35 übernahm er die Praxis seines Vaters, mit 40 war er ergraut. Fähner war müde.

—

Als Fähner 48 war, starb sein Vater; als er 50 war, seine Mutter. Von dem Erbe kaufte er ein Fachwerkhaus am Stadtrand. Zu dem Haus gehörten ein kleiner Park, verwahrloste Stauden, 40 Apfelbäume, zwölf Kastanien, ein Teich. Der Garten wurde Fähners Rettung. Er ließ sich Bücher kommen, abonnierte Fachzeitschriften und las alles, was es über Stauden, Teiche und Bäume zu lesen gab. Er kaufte die besten Geräte, beschäftigte sich mit Bewässerungstechnik und lernte alles mit der ihm eigenen systematischen Gründlichkeit. Der Garten erblühte, und die Stauden wurden in der Umgebung so bekannt, dass Fähner Fremde zwischen den Apfelbäumen sah, die dort fotografierten.

Unter der Woche blieb er lange in der Praxis. Als Arzt war Fähner gründlich und mitfühlend. Seine Patienten schätzten ihn, seine Diagnosen waren Maßstab in Rottweil. Er verließ das Haus, bevor Ingrid aufwachte, und kehrte erst nach neun zurück. Die Abendessen voller Vorwürfe nahm er schweigend hin. Die metallische Stimme Ingrids reihte modulationslos Satz um Satz Anfeindungen aneinander. Sie war fett geworden, ihre blasse Haut hatte sich mit den Jahren rosa gefärbt. Ihr wulstiger Hals war nicht mehr fest, vor ihrer Kehle hatte sich ein Hautlappen gebildet, der im Takt ihrer Beschimpfungen hin und her waberte. Sie litt unter Atemnot und Bluthochdruck. Fähner wurde immer dünner. Als er eines Abends mit vielen Worten vorschlug, Ingrid möge Hilfe bei einem befreundeten Nervenarzt suchen, warf sie eine Pfanne nach ihm und brüllte, er sei eine undankbare Sau.

—

In der Nacht vor seinem 60. Geburtstag lag Fähner wach. Er hatte das ausgeblichene Ägyptenfoto hervorgeholt: Ingrid und er vor der Cheopspyramide, im Hintergrund Kamele, Touristenbeduinen und Sand. Als sie die Hochzeitsalben weggeschmissen hatte, hatte er das Bild wieder aus dem Mülleimer gezogen. Seitdem verwahrte er es tief unten in seinem Schrank.

In dieser Nacht begriff Fähner, dass er immer weiter, bis zum Ende seines Lebens, ein Gefangener bleiben würde. Er hatte sein Versprechen in Kairo gegeben. Er musste es gerade jetzt, in den schlechten Tagen, halten; ein Versprechen nur für gute Tage gab es nicht. Das Bild verschwamm vor seinen Augen. Er zog sich aus und stellte sich nackt vor den Spiegel im Badezimmer. Er sah sich lange an. Dann setzte er sich auf den Rand der Badewanne. Zum ersten Mal in seinem Erwachsenenleben weinte er.

—

Fähner arbeitete in seinem Garten. Er war jetzt 72, vor vier Jahren hatte er die Praxis verkauft. Wie immer war er um sechs Uhr aufgestanden. Er hatte das Gästezimmer – er wohnte schon seit Jahren dort – leise verlassen. Ingrid schlief noch. Es war ein leuchtender Septembervormittag. Der Frühnebel hatte sich zurückgezogen, die Luft war klar und kalt. Fähner jätete mit der Hacke das Unkraut zwischen den Herbststauden. Es war eine anstrengende und eintönige Arbeit. Fähner war zufrieden. Er freute sich auf den Kaffee, den er wie immer in seiner Pause um halb zehn trinken würde. Fähner dachte an den Rittersporn, den er im Frühjahr gepflanzt hatte. Er würde im Spätherbst ein drittes Mal blühen.

Plötzlich riss Ingrid die Terrassentür auf. Sie brüllte, er habe schon wieder vergessen, das Fenster im Gästezimmer zu schließen, er sei einfach nur ein Idiot. Ihre Stimme überschlug sich. Blankes Metall.

Fähner würde später nicht genau beschreiben können, was er in diesem Moment dachte. Es habe in ihm, ganz tief unten, hart und scharf zu leuchten begonnen. Alles sei überdeutlich in diesem Licht gewesen. Gleißend.

Er bat Ingrid, in den Keller zu kommen, und nahm selbst die Außentreppe. Ingrid betrat schnaufend den Kellerraum, in dem er die Gartengeräte aufbewahrte. Sie hingen geordnet nach Funktion und Größe an den Wänden oder standen gereinigt in Blech- und Plastikeimern. Es waren schöne Geräte, die er in den vergangenen Jahren zusammengetragen hatte. Ingrid kam selten hierher. Als sie die Tür öffnete, nahm Fähner wortlos die Baumaxt von der Wand. Sie stammte aus Schweden, handgeschmiedet, sie war eingefettet und ohne Rost. Ingrid verstummte. Er trug noch die groben Gartenhandschuhe. Ingrid starrte auf die Axt. Sie wich nicht aus. Bereits der erste Schlag, der ihre Schädeldecke spaltete, war tödlich. Die Axt drang mit abgesplitterten Knochenstücken weiter bis in das Gehirn, die Schneide teilte ihr Gesicht. Noch bevor sie zu Boden fiel, war sie tot. Fähner hatte Mühe, die Axt aus ihrem Schädel zu hebeln, er stellte seinen Fuß auf ihren Hals. Mit zwei wuchtigen Hieben trennte er den Kopf vom Rumpf. Der Gerichtsmediziner verzeichnete später siebzehn weitere Schläge, die Fähner benötigte, um Arme und Beine abzutrennen.

Fähner atmete schwer. Er setzte sich auf den kleinen Holzschemel, den er sonst beim Pflanzen benutzte. Die Beine des Hockers standen im Blut. Fähner bekam Hunger. Irgendwann stand er auf, zog sich neben der Leiche aus und wusch sich am Gartenwaschbecken im Keller das Blut aus den Haaren und vom Gesicht. Er schloss den Keller ab und ging über die Innentreppe in die Wohnung. Oben kleidete er sich wieder an, wählte den Polizeinotruf, nannte seinen Namen und die Anschrift und sagte wörtlich: »Ich habe Ingrid klein gemacht. Kommen Sie sofort.« Der Anruf wurde aufgezeichnet. Ohne eine Antwort abzuwarten, legte er auf. Seine Stimme war nicht erregt.

Die Polizisten trafen ohne Sirene und Blaulicht ein paar Minuten nach dem Anruf vor Fähners Haus ein. Einer der Beamten war seit 29 Jahren im Polizeidienst, alle in seiner Familie waren bei Fähner Patienten gewesen. Fähner stand vor dem Gartentor und gab ihm die Schlüssel. Er sagte, sie sei im Keller. Der Polizist wusste, dass es besser war, keine Fragen zu stellen: Fähner trug einen Anzug, aber weder Schuhe noch Strümpfe. Er war sehr ruhig.

—

Der Prozess dauerte vier Tage. Der Vorsitzende der Schwurgerichtskammer war ein erfahrener Mann. Er kannte Fähner, über den er zu richten hatte. Und er kannte Ingrid. Falls er sie nicht genügend gekannt hatte, gaben die Zeugen Auskunft. Jeder bedauerte Fähner, jeder ergriff für ihn Partei. Der Postbote sagte, er habe Fähner ›für einen Heiligen‹ gehalten, ›wie er es mit der ausgehalten‹ habe, sei ›ein Wunder‹. Der Psychiater bescheinigte Fähner einen ›Affektstau‹, schuldunfähig sei er nicht gewesen.

Der Staatsanwalt beantragte acht Jahre. Er ließ sich Zeit, er schilderte den Tatablauf und watete durch das Blut im Keller. Dann sagte er, Fähner habe Alternativen gehabt, er hätte sich scheiden lassen können.

Der Staatsanwalt irrte, genau das hätte Fähner nicht gekonnt. Die letzte Reform der Strafprozessordnung hat den Eid als obligatorische Beteuerung einer Aussage im Strafprozess abgeschafft. Wir glauben schon lange nicht mehr daran. Wenn ein Zeuge lügt, lügt er eben – kein Richter denkt ernsthaft, das würde sich durch einen Eid ändern lassen. Dem modernen Mensch scheint der Schwur gleichgültig zu sein. Aber, und in diesem ›aber‹ liegt eine Welt, Fähner war kein moderner Mensch. Sein Versprechen war ernsthaft. Es hatte ihn sein ganzes Leben gebunden, mehr noch: Er wurde zum Gefangenen. Fähner konnte sich nicht befreien, das wäre Verrat gewesen. Die Gewalteruption war das Bersten des Druckbehälters, in den er lebenslang durch seinen Eid eingesperrt war.

Fähners Schwester, die mich um die Verteidigung ihres Bruders gebeten hatte, saß im Zuschauerraum. Sie weinte. Seine alte Praxisschwester hielt ihre Hand. Fähner war im Gefängnis noch dünner geworden. Er saß regungslos auf der Anklagebank aus dunklem Holz.

In der Sache gab es nichts zu verteidigen. Es war ein rechtsphilosophisches Problem: Was ist der Sinn von Strafe? Weshalb strafen wir? Im Plädoyer versuchte ich den Grund zu finden. Es gibt eine Fülle von Theorien. Strafe soll uns abschrecken, Strafe soll uns schützen, Strafe soll den Täter davon abhalten, nochmals eine Tat zu begehen, Strafe soll Unrecht aufwiegen. Unser Gesetz vereinigt diese Theorien, aber keine passte hier richtig. Fähner würde nicht erneut töten. Das Unrecht der Tat war offensichtlich, aber es war schwer zu wiegen. Und wer wollte Vergeltung üben? Es wurde ein langes Plädoyer. Ich erzählte seine Geschichte. Ich wollte, dass man verstand, dass Fähner am Ende angekommen war. Ich sprach, bis ich glaubte, das Gericht erreicht zu haben. Als ein Schöffe nickte, setzte ich mich wieder.

Fähner hatte das letzte Wort. Das Gericht hört am Ende eines Prozesses den Angeklagten, die Richter sollen seine Worte in die Beratung mitnehmen. Er verneigte sich, die Hände hatte er ineinandergelegt. Er hatte die Sätze nicht auswendig lernen müssen, es war die Zusammenfassung seines Lebens:

»Ich habe meine Frau geliebt, und am Ende habe ich sie getötet. Ich liebe sie immer noch, ich habe es ihr versprochen, sie ist immer noch meine Frau. Das wird sich bis zu meinem Tod nicht ändern. Ich habe mein Versprechen gebrochen. Ich muss mit meiner Schuld leben.«

Fähner setzte sich, verstummte und starrte wieder auf den Boden. Es war still im Saal, selbst der Vorsitzende wirkte beklommen. Dann erklärte er, dass sich das Gericht zur Beratung zurückziehe, das Urteil werde am nächsten Tag verkündet.

An diesem Abend besuchte ich Fähner noch einmal im Gefängnis. Es gab nicht mehr viel zu sagen. Er hatte einen zerknitterten Umschlag mitgebracht, aus dem er das Bild der Hochzeitsreise zog. Er strich mit dem Daumen über Ingrids Gesicht. Die obere Schutzschicht hatte sich längst von dem Foto gelöst, ihr Gesicht war fast weiß.

—

Fähner wurde zu drei Jahren verurteilt, der Haftbefehl wurde aufgehoben, und er wurde aus der Untersuchungshaft entlassen. Er konnte die Strafe im offenen Vollzug verbüßen. Offener Vollzug bedeutet, dass der Verurteilte in der Haftanstalt übernachten muss und sich tagsüber in Freiheit aufhalten darf. Voraussetzung ist, dass er einem Beruf nachgeht. Es war nicht einfach, einen neuen Beruf für einen 72-Jährigen zu finden. Schließlich fand seine Schwester die Lösung: Fähner meldete ein Gewerbe zum Obsthandel an – er verkaufte die Äpfel aus seinem Garten.

Vier Monate später traf in meiner Kanzlei eine Kiste mit zehn roten Äpfeln ein. In dem beigelegten Umschlag befand sich ein einzelnes Blatt Papier:

»In diesem Jahr sind die Äpfel gut. Fähner«

Tanatas Teeschale

Sie waren auf einer dieser öffentlichen Studentenpartys in Berlin. Dort gab es immer ein paar Mädchen, die auf Jungs aus Kreuzberg und Neukölln standen, einfach nur, weil sie anders waren. Vielleicht zog sie es an, in ihnen das Verletzliche zu suchen. Auch diesmal schien Samir Glück zu haben: Sie hatte blaue Augen und lachte viel.

Plötzlich tauchte ihr Freund auf, Samir solle verschwinden, oder man würde das auf der Straße austragen. Samir verstand nicht, was »austragen« hieß, aber er verstand die Aggression. Sie wurden nach draußen gedrängt. Ein älterer Student sagte zu Samir, der andere sei Amateurboxer und Meister der Uni. Samir sagte: »Mir scheißegal.« Er war erst 17, aber er hatte über 150 Straßenkämpfe hinter sich, und es gab nur wenige Dinge, vor denen er Angst hatte – Schlägereien gehörten nicht dazu.

Der Boxer war muskulös, einen Kopf größer und ein ganzes Stück breiter als Samir. Und er grinste blöde. Um die beiden bildete sich ein Kreis, und während der Boxer sich noch die Jacke auszog, trat Samir mit der Schuhspitze in seine Hoden. Die Schuhe hatten auf der Innenseite Stahlkappen, der Boxer gurgelte und wollte sich vor Schmerz zusammenkrümmen. Samir packte seinen Kopf an den Haaren, riss ihn runter und rammte ihm gleichzeitig das rechte Knie ins Gesicht. Obwohl es ziemlich laut auf der Straße war, konnte man hören, wie der Kiefer des Boxers knackte. Er lag blutend auf dem Asphalt, eine Hand vor dem Schoß, die andere vor dem Gesicht. Samir nahm zwei Schritte Anlauf; der Tritt brach dem Boxer zwei Rippen.

Samir fand, er habe sich fair verhalten. Er hatte nicht in das Gesicht getreten, und vor allem: Er hatte das Messer nicht benutzt. Es war einfach gewesen, er war kaum außer Atem. Er ärgerte sich, weil die Blonde nicht mit ihm abhaute, sondern heulte und sich um den Mann am Boden kümmerte. »Scheiß Schlampe«, sagte er und ging nach Hause.

Der Jugendrichter verurteilte Samir zu zwei Wochen Dauerarrest und zur Teilnahme an einem Antigewaltseminar. Samir war wütend. Er versuchte den Sozialarbeitern in der Jugendstrafanstalt zu erklären, dass das Urteil falsch sei. Der Boxer habe angefangen, er sei nur schneller gewesen. So etwas sei kein Spiel, man könne Fußball spielen, aber Boxen spiele niemand. Der Richter habe die Regeln nicht kapiert.

Özcan holte Samir nach den zwei Wochen vom Gefängnis ab. Özcan war Samirs bester Freund. Er war 18 Jahre alt, ein großer und langsamer Junge mit teigigem Gesicht. Er hatte schon mit zwölf eine Freundin gehabt und die Aktivitäten mit ihr mit dem Handy gefilmt. Das hatte ihm für alle Zeiten seinen Platz gesichert. Özcan hatte einen absurd großen Penis, und er stellte sich in den Pissoirs immer so hin, dass die anderen ihn sehen konnten. Er wollte unbedingt nach New York. Er war noch nie dort gewesen, er sprach kein Englisch, aber er war besessen von der Stadt. Man sah ihn nie ohne seine dunkelblaue Kappe mit der Aufschrift »N.Y.«. Er wollte in Manhattan einen Nachtclub mit Restaurant und Go-go-Tänzerinnen betreiben. Oder so etwas Ähnliches. Er konnte nicht erklären, wieso es ausgerechnet New York sein sollte, aber er dachte auch nicht darüber nach. Sein Vater hatte sein Leben lang in einer Glühbirnenfabrik gearbeitet, er war aus der Türkei nur mit einem Koffer eingewandert. Sein Sohn war seine Hoffnung. Die New-York-Sache verstand er nicht.

Özcan sagte zu Samir, er habe jemanden kennengelernt, der einen Plan habe. Er heiße Manólis, der Plan sei gut, aber Manólis »nicht ganz dicht«.

Manólis stammte aus einer griechischen Familie, die eine Reihe von Restaurants und Internetcafés in Kreuzberg und Neukölln betrieb. Er hatte Abitur gemacht, angefangen, Geschichte zu studieren, und sich nebenbei im Drogenhandel versucht. Vor ein paar Jahren war etwas schiefgelaufen. In dem Koffer waren anstelle von Kokain nur Papier und Sand gewesen. Der Käufer schoss auf Manólis, als er mit Wagen und Geld fliehen wollte. Der Käufer war kein guter Schütze, von den neun Kugeln traf nur eine. Sie drang in Manólis' Hinterkopf ein und blieb dort stecken. Manólis hatte das Projektil noch im Kopf, als er mit einem Funkstreifenwagen zusammenstieß. Erst im Krankenhaus entdeckten die Ärzte es, und seitdem hatte Manólis ein Problem. Nach der Operation verkündete er seiner Familie, dass er ab jetzt Finne sei, feierte jedes Jahr den 6. Dezember als finnischen Nationalfeiertag und versuchte erfolglos, die Sprache zu lernen. Außerdem hatte er immer wieder Ausfälle, und vielleicht war deshalb sein Plan auch kein wirklich vollständiger Plan.

Aber Samir fand, dass es immerhin so eine Art Plan war: Manólis' Schwester hatte eine Freundin, die als Putzfrau in einer Villa in Dahlem arbeitete. Sie brauchte dringend Geld, also hatte sie Manólis gegen eine kleine Beteiligung vorgeschlagen, in das Haus einzubrechen. Sie kannte den Code der Alarmanlage und den des elektronischen Schlosses, sie wusste den Ort des Tresors und vor allem, dass der Besitzer bald für vier Tage außerhalb Berlins sein würde. Samir und Özcan waren sofort einverstanden.

In der Nacht vor der Tat schlief Samir schlecht, er träumte von Manólis und von Finnland. Als er erwachte, war es zwei Uhr mittags. Er sagte »Scheiß Richter« und scheuchte seine Freundin aus dem Bett. Um vier Uhr musste er beim Antigewaltseminar sein.

—

Gegen zwei Uhr nachts holte Özcan die anderen ab. Manólis war eingeschlafen, Samir und Özcan mussten zwanzig Minuten vor der Tür warten. Es war kalt, die Scheiben beschlugen, sie verfuhren sich und schrien sich gegenseitig an. Kurz vor drei Uhr trafen sie in Dahlem ein. Im Auto zogen sie die schwarzen Wollmasken an, sie waren zu groß, verrutschten und kratzten, sie schwitzten darunter. Özcan hatte ein Wollknäuel im Mund, er spuckte es auf das Armaturenbrett. Sie streiften sich Plastikhandschuhe über und liefen über den Kiesweg zum Eingang der Villa.

Manólis tippte den Code in die Tastatur des Schlosses. Die Tür öffnete sich mit einem Klicken. Im Eingang befand sich die Alarmanlage. Nachdem Manólis auch dort eine Zahlenkombination eingegeben hatte, wechselten die Lämpchen ihre Farbe von Rot auf Grün. Özcan musste lachen. »Özcans Eleven«, sagte er laut, er liebte Kinofilme. Die Anspannung löste sich. So leicht war es noch nie gewesen. Die Eingangstür fiel ins Schloss, sie standen im Dunkeln.

Sie fanden den Lichtschalter nicht. Samir fiel über eine Stufe und schlug sich die linke Augenbraue an einem Garderobenständer auf. Özcan stolperte über Samirs Füße und stützte sich im Fallen auf seinen Rücken. Samir ächzte unter seinem Gewicht. Manólis stand noch, er hatte die Taschenlampen vergessen.

Ihre Augen gewöhnten sich an die Dunkelheit. Samir wischte sich das Blut aus dem Gesicht. Endlich fand Manólis den Lichtschalter. Das Haus war japanisch eingerichtet – Samir und Özcan waren davon überzeugt, dass niemand so wohnen könne. Sie brauchten nur ein paar Minuten, um den

Tresor zu finden, die Beschreibung war gut. Sie hebelten ihn mit Brechstangen aus der Wand und schleppten ihn zum Auto. Manólis wollte nochmals zurück ins Haus, er hatte die Küche entdeckt, und er hatte Hunger. Sie diskutierten das lange, bis Samir entschied, es sei zu gefährlich, man könne auch unterwegs an einer Imbissbude halten. Manólis murrte.

In einem Keller in Neukölln versuchten sie, den Tresor zu öffnen. Sie hatten Erfahrung mit Panzerschränken, aber dieser widerstand. Özcan musste den Hochleistungsbohrer seines Schwagers ausleihen. Als der Tresor vier Stunden später offen war, wussten sie, dass es sich gelohnt hatte. Sie fanden 120000 Euro in bar und in einer Schatulle sechs Uhren. Und dann war da noch eine kleine schwarz lackierte Holzkiste. Samir öffnete sie. Sie war mit roter Seide ausgeschlagen, in ihr befand sich eine alte Schale. Özcan fand sie hässlich und wollte sie wegschmeißen, Samir wollte sie seiner Schwester schenken, und Manólis war alles gleichgültig, er hatte immer noch Hunger. Schließlich einigten sie sich darauf, die Schale Mike zu verkaufen. Mike hatte ein kleines Geschäft mit einem großen Schild, er nannte sich Antiquitätenhändler, aber er besaß eigentlich nur einen Mini-LKW und beschäftigte sich mit Wohnungsauflösungen und Gerümpel. Er bezahlte ihnen 30 Euro für die Schale.

Als sie den Keller verließen, klopfte Samir Özcan auf die Schulter, wiederholte: »Özcans Eleven«, und alle lachten. Manólis' Schwester würde für ihre Freundin 3000 Euro bekommen. Jeder von ihnen hatte fast 40000 Euro in der Tasche, Samir würde die Uhren an einen Hehler verkaufen. Es war ein einfacher und guter Einbruch gewesen, es würde keine Probleme geben.

Sie täuschten sich.

—

Hiroshi Tanata stand in seinem Schlafzimmer und betrachtete das Loch in der Wand. Er war 76 Jahre alt, seine Familie hatte Japan seit vielen hundert Jahren mitgeprägt, sie war in Versicherungen, Banken und der Schwerindustrie engagiert. Tanata schrie nicht, er gestikulierte nicht, er starrte nur in das Loch. Aber sein Sekretär, der seit dreißig Jahren in seinen Diensten stand, sagte abends seiner Frau, er habe Tanata noch nie so wütend gesehen.

Der Sekretär hatte an diesem Tag viel zu tun. Die Polizei war im Haus und stellte Fragen. Sie verdächtigte die Hausangestellten – immerhin war die Alarmanlage ausgeschaltet und die Tür ohne Gewalt geöffnet worden –, aber der Verdacht ließ sich nicht konkretisieren. Tanata nahm seine Angestellten in Schutz. Mit der Tatortarbeit kam man auch nicht weiter, die Techniker des LKA fanden keine Fingerabdrücke, und an DNA-Spuren war nicht zu denken – die Putzfrau hatte gründlich sauber gemacht, bevor die Polizei gerufen wurde. Der Sekretär kannte seinen Chef gut und beantwortete die Fragen der Beamten ausweichend und einsilbig.

Wichtiger war es, die Presse und die großen Sammler zu informieren: Sollte jemandem die Tanata-Teeschale zum Kauf angeboten werden, würde die Familie, in deren Besitz sie seit mehr als 400 Jahren war, sie zu Höchstpreisen zurückkaufen. In diesem Fall bäte Tanata nur um den Namen des Verkäufers.

—

Das Friseurgeschäft auf der Yorckstraße hieß wie sein Besitzer: »Pocol«. Im Schaufenster standen zwei ausgeblichene Wella-Reklamebilder aus den Achtzigerjahren: eine blonde Schönheit mit Ringelpulli und zu vielen Haaren und ein Mann mit langem Kinn und Oberlippenbart. Pocol hatte das Geschäft von seinem Vater geerbt. In seiner Jugend hatte Pocol noch selbst Haare geschnitten, das Handwerk hatte er zu Hause gelernt. Jetzt betrieb er einige legale und viele illegale Geldspielsalons. Er behielt den Laden, saß den ganzen Tag auf einem der beiden bequemen Frisierstühle, trank Tee und machte seine Geschäfte. Mit den Jahren war er fett geworden, er liebte türkische Süßigkeiten. Sein Schwager betrieb drei Häuser weiter eine Konditorei und machte die besten ›balli elmalar‹ der Stadt, Apfelscheiben mit Honig, die in heißem Fett gebraten werden.

Pocol war cholerisch und brutal, und er wusste, dass das sein Kapital war. Jeder hatte schon einmal die Geschichte des Wirtes gehört, der zu Pocol gesagt hatte, er solle bezahlen, was er esse. Das war fünfzehn Jahre her. Pocol kannte den Wirt nicht, und der Wirt kannte Pocol nicht. Pocol hatte die Bestellung an die Wand geworfen, war zu dem Kofferraum seines Wagens gegangen und mit einem Baseballschläger zurückgekehrt. Der Wirt verlor die Sehkraft auf dem rechten Auge, die Milz und die linke Niere und verbrachte den Rest seines Lebens im Rollstuhl. Pocol wurde wegen versuchten Totschlags zu acht Jahren Freiheitstrafe verurteilt. Am Tag des Urteils stürzte der Wirt mit seinem Rollstuhl eine U-Bahn-Treppe herunter. Er brach sich das Genick, und nachdem Pocol entlassen wurde, musste er nie wieder ein Essen bezahlen.

Pocol las in der Zeitung von dem Einbruch. Nach einem Dutzend Anrufen bei Verwandten, Freunden, Hehlern und anderen Geschäftspartnern wusste er, wer bei Tanata eingebrochen war. Er schickte einen Torpedo los, einen aufstrebenden Jungen, der alles für ihn tat. Das Torpedo richtete Samir und Özcan aus, Pocol wolle sie sprechen. Sofort.

Die beiden erschienen kurze Zeit später in dem Friseursalon, Pocol ließ man nicht warten. Es gab Tee und Süßigkeiten, man war guter Stimmung. Plötzlich begann Pocol zu schreien, packte Samir an den Haaren, schleifte ihn durch den Laden und trat ihn in einer Ecke zusammen. Samir wehrte sich nicht und bot zwischen zwei Tritten dreißig Prozent an. Pocol nickte grunzend, wandte sich von Samir ab und schlug Özcan mit einem flachen Holzbrett, das er für solche Fälle im Laden hatte, auf die Stirn. Danach beruhigte er sich, setzte sich zurück auf den Friseurstuhl und rief seine Freundin aus dem Nebenzimmer.

Pocols Freundin hatte vor einigen Monaten noch als Modell gearbeitet und es geschafft, das Septembermädchen des

Playboy zu werden. Sie träumte von Laufstegen oder einer Karriere bei einem Musiksender, bis Pocol sie entdeckte, ihren Freund zusammenschlug und ihr Manager wurde. Er nannte das »pflücken«. Er ließ ihre Brüste vergrößern und ihren Mund aufspritzen. Anfangs glaubte sie ihm seine Pläne, und Pocol bemühte sich wirklich, sie bei einer Agentur unterzubringen. Als es ihm zu mühsam wurde, folgten Auftritte in Diskotheken, später in Stripshows, und am Ende waren es Pornos, die man in Deutschland nicht legal erwerben konnte. Irgendwann setzte Pocol ihr den ersten Schuss Heroin, jetzt war sie von ihm abhängig und liebte ihn. Pocol hatte keinen Sex mehr mit ihr, seit seine Freunde sie in einem Film als Urinal benutzt hatten. Sie war nur noch da, weil er sie nach Beirut verkaufen wollte – Menschenhandel funktionierte auch in diese Richtung –, und schließlich musste das Geld für den Schönheitschirurgen wieder reinkommen.

Die Freundin verband Özcans Platzwunde, und Pocol machte Witze, dass er jetzt wie ein Indianer aussehe, »Verstehste, wie Rothaut«. Es gab erneut frischen Tee und Süßigkeiten, die Freundin wurde weggeschickt, und die Verhandlungen konnten fortgesetzt werden. Man einigte sich auf fünfzig Prozent, die Uhren und die Schale sollten an Pocol gehen. Samir und Özcan gestanden ihre Fehler ein, Pocol betonte, es sei nicht persönlich gemeint, und zur Verabschiedung umarmte er Samir und küsste ihn herzlich.

Kurz nachdem die beiden den Laden wieder verlassen hatten, rief Pocol Wagner an. Wagner war ein Betrüger und Hochstapler. Er war 1,60 Meter groß, seine Haut war durch die Jahre im Solarium gelb geworden, seine Haare waren braun gefärbt und am Ansatz einige Zentimeter grau herausgewachsen. Wagners Wohnung war ein Klischee der Achtzigerjahre. Sie erstreckte sich über zwei Etagen, das Schlafzimmer mit Spiegelschränken, Flokatiteppichen und einem enormen Bett lag im oberen Stock. Das Wohnzimmer unten war eine Landschaft weißer Ledersofas, weißer Marmorböden, weißer Lackwände und Couchtischchen in Diamantenform. Wagner liebte alles, was glitzert, selbst sein Funktelefon war mit Glassteinchen überzogen.

Vor einigen Jahren hatte er Privatinsolvenz angemeldet, seinen Besitz auf Verwandte verteilt, und weil die Justiz in diesen Dingen träge ist, gelang es ihm, immer weiter Schulden zu machen. Tatsächlich besaß Wagner nichts mehr; die Wohnung gehörte seiner Exehefrau, seine Krankenversicherung konnte er seit Monaten nicht bezahlen, und die Rechnung des Schönheitssalons für das Permanent-Make-up seiner Freundin war noch immer offen. Das Geld, das er früher leicht verdient hatte, hatte er für Autos und Champagner-Koks-Partys auf Ibiza ausgegeben. Jetzt waren die Investmentbanker, mit denen er damals gefeiert hatte, verschwunden, und er konnte sich die neuen Reifen für den zehn Jahre alten Ferrari nicht mehr leisten. Wagner wartete seit Langem auf die eine große Gelegenheit, die alles zum Guten wenden würde. In Cafés bestellte er bei Kellnerinnen »'ne Latte« und brüllte dann jedes Mal wieder vor Lachen über den Altherrenwitz; Wagner litt schon sein ganzes Leben unter seiner Bedeutungslosigkeit.

Während der durchschnittliche Betrüger nur hochstapelt, war Wagner geschickter. Er gab sich als »harter Berliner Junge von ganz unten«, der »es geschafft« habe. Menschen aus bürgerlicheren Schichten fassten Vertrauen zu ihm. Sie glaubten, er sei zwar grob, laut und unangenehm, aber gerade deshalb unverstellt und ehrlich. Wagner war weder hart noch ehrlich. Er hatte es – auch nach seinen Maßstäben – nicht »geschafft«. Er war nur auf eine verschlagene Art intelligent, und weil er selbst schwach war, erkannte er die Schwächen anderer Menschen. Er nutzte sie auch dann aus, wenn er keinen Vorteil davon hatte.

Manchmal bediente sich Pocol Wagners. Er verprügelte Wagner, wenn er frech wurde, es das letzte Mal zu lange her war oder er einfach Lust dazu hatte. Ansonsten hielt er ihn für Abfall. Für diesen Job aber schien Wagner ihm der Richtige zu sein. Pocol hatte die Erfahrung gemacht, dass er außerhalb seiner Kreise wegen seiner Herkunft und Sprache nicht ernst genommen wurde.

Wagner erhielt den Auftrag, sich bei Tanata zu melden und ihm anzubieten, dass er Schale und Uhren zurückkaufen könne, Einzelheiten sollte er noch offenlassen. Wagner sagte zu. Er bekam die Telefonnummer Tanatas heraus und sprach zwanzig Minuten mit dem Sekretär. Wagner wurde versichert, dass die Polizei nicht eingeschaltet würde. Nachdem er aufgelegt hatte, freute er sich, streichelte die beiden Chihuahuas, die er Dolce und Gabbana getauft hatte, und überlegte, wie er Pocol doch noch ein wenig betrügen könnte.

—

Eine Garotte ist ein dünner Draht, an dessen Enden kleine Holzgriffe angebracht sind. Sie entwickelte sich aus einem mittelalterlichen Folter- und Henkersinstrument – bis 1973 wurden damit in Spanien Todesurteile vollstreckt –, und sie ist noch heute ein beliebtes Mordwerkzeug. Ihre Bestandteile lassen sich in jedem Baumarkt erwerben, sie ist preiswert, leicht zu transportieren und effektiv: Die Schlinge wird dem Opfer von hinten um den Hals gelegt und mit Kraft zugezogen, es kann nicht schreien und stirbt schnell.

Vier Stunden nach dem Anruf bei Tanata läutete es an Wagners Wohnungstür. Wagner öffnete die Tür einen Spalt weit. Die Pistole, die er sich in den Hosenbund gesteckt hatte, rettete ihn nicht. Schon der erste Schlag gegen seinen Kehlkopf nahm ihm die Luft, und als die Garotte eine Dreiviertelstunde später sein Leben beendete, war er dankbar, sterben zu dürfen.

Wagners Putzfrau stellte am nächsten Morgen die Einkäufe in die Küche und sah zwei abgeschnittene Finger in der Spüle kleben. Sie rief die Polizei. Wagner lag in seinem Bett, seine Oberschenkel waren mit einer Schraubzwinge zusammengepresst, in der linken Kniescheibe steckten zwei, in der rechten drei Zimmermannsnägel. Eine Garotte lag um seinen Hals, seine Zunge hing aus dem Mund. Wagner hatte sich vor seinem Tod eingenässt, und die ermittelnden Beamten rätselten, welche Informationen er dem Täter preisgegeben hatte.

Im Wohnzimmer, zwischen Marmorboden und Zimmerwand, lagen die beiden Hunde; ihr Kläffen musste den Besucher gestört haben, er hatte sie zertreten. Die Spurensicherung versuchte, in den Kadavern einen Abdruck des Sohlenprofils zu nehmen, erst in der Pathologie konnte ein Stückchen Plastik aus einem der Hunde gesichert werden. Der Täter hatte offensichtlich über seinen Schuhen Plastiktüten getragen.

In der gleichen Nacht, in der Wagner starb, brachte Pocol gegen fünf Uhr morgens das Münzgeld aus seinen Spielhallen in zwei Plastikeimern in das Friseurgeschäft. Er war müde, und als er sich nach vorne beugte, um die Tür aufzuschließen, hörte er ein hell surrendes Geräusch. Er kannte es. Sein Gehirn konnte es nicht schnell genug einordnen, aber eine hundertstel Sekunde bevor die Kugel am Ende der Teleskopstahlrute auf seinen Hinterkopf klatschte, wusste er, was es war.

Seine Freundin fand ihn im Laden, als sie ihn um Heroin anbetteln wollte. Er lag mit dem Gesicht nach unten auf einem der beiden Friseurstühle, die Arme hatte er um den Stuhl gelegt, als wollte er ihn umarmen. Seine Hände waren auf der Unterseite mit Kabelbindern gefesselt, der massige Körper klemmte zwischen den Armlehnen. Pocol war nackt, aus seinem After ragte ein abgebrochener Besenstiel. Der Gerichtsmediziner stellte bei der Obduktion fest, dass die Wucht, mit der das Holz eingeführt worden war, auch die Blase perforiert hatte. Pocols Körper wies am Rücken und Kopf insgesamt 117 Platzwunden auf, die Stahlkugel des Totschlägers hatte vierzehn Knochen gebrochen. Welcher der Schläge ihn am Ende getötet hatte, konnte nicht mit Sicherheit festgestellt werden. Pocols Tresor war nicht aufgebrochen worden, die beiden Eimer mit dem Automatengeld standen fast unberührt im Eingang. Eine Münze hatte Pocol im Mund, als er starb, und eine weitere fand man in seiner Speiseröhre.

Die Ermittlungen liefen ins Leere. Die Fingerabdrücke in Pocols Laden konnten allen möglichen Straftätern in Neukölln und Kreuzberg zugeordnet werden. Die Folter mit dem Besenstiel deutete auf arabische Täter hin, sie galt als besondere Form der Demütigung. Es gab ein paar Festnahmen und Vernehmungen im Umfeld, die Polizei glaubte an Revierstreitigkeiten, aber sie hatte nichts in der Hand. Pocol und Wagner waren nie zusammen polizeilich in Erscheinung getreten, die Mordkommission konnte keinen Zusammenhang zwischen den Taten herstellen. Und am Ende gab es nur eine Menge Theorien.

—

Pocols Laden und der davor liegende Bürgersteig waren mit weiß-rotem Flatterband gesichert, Scheinwerfer leuchteten den Raum aus. Jeder in Neukölln, den es interessierte, wusste noch während der Tatortarbeit der Polizei, wie Pocol gestorben war. Und nun hatten Samir, Özcan und Manólis wirklich Angst. Sie standen um 11 Uhr mit dem Geld, den Uhren und der Teeschale vor Pocols Laden in der Menschenmenge. Mike, der Antiquitätenhändler, dem sie die Schale verkauft hatten, kühlte sich vier Straßen weiter sein rechtes Auge. Er hatte die Schale zurückgeben und eine Aufwandsentschädigung bezahlen müssen. Das blaue Auge gehörte dazu, so waren die Regeln.

Manólis sprach aus, was alle dachten: Pocol war gefoltert worden, und falls es dabei um sie gegangen war, hatte er sie natürlich verraten. Wenn sich jemand traute, Pocol zu töten, gab es für ihr eigenes Leben wenig Hoffnung. Samir sagte, dass die Sache mit der Schale schnell geregelt werden müsse. Die anderen stimmten zu, und schließlich kam Özcan auf die Idee, zu einem Anwalt zu gehen.

—

Die drei jungen Männer erzählten mir die Geschichte; das heißt, Manólis sprach, er schweifte immer wieder ins Philosophische ab und hatte Schwierigkeiten, sich zu konzentrieren. Das Ganze dauerte ziemlich lange. Dann sagten sie, sie seien sich nicht sicher, ob Tanata wüsste, wer eingebrochen sei. Sie legten Geld, Uhren und das Lackkästchen mit der Teeschale auf den Besprechungstisch und baten mich, die Gegenstände dem Eigentümer zurückzugeben. Ich verzeichnete alles so genau wie möglich, das Geld nahm ich nicht an, es wäre Geldwäsche gewesen. Ich telefonierte mit Tanatas Sekretär und vereinbarte für den Nachmittag einen Termin.

Tanatas Haus lag in einer ruhigen Straße in Dahlem. Es gab keine Türklingel, eine unsichtbare Lichtschranke löste ein Signal aus, einen dunklen Gong, wie in einem Zenkloster. Der Sekretär übergab mir mit beiden Händen und spitzen Fingern seine Visitenkarte, was ein wenig sinnlos schien, da ich bereits da war. Dann fiel mir ein, dass der Visitenkartenaustausch in Japan ein Ritual war, und ich tat das Gleiche. Der Sekretär war freundlich und ernst. Er brachte mich in einen Raum mit erdfarbenen Wänden und einem Boden aus schwarzem Holz. Wir setzten uns an einen Tisch auf harte Stühle, ansonsten war das Zimmer leer, nur ein dunkelgrünes Ikebana-Arrangement stand in der Wandnische. Das indirekte Licht war warm und gedämpft.

Ich öffnete meine Aktentasche und breitete die Gegenstände aus. Der Sekretär legte die Uhren auf ein bereitstehendes Ledertablett, das geschlossene Kästchen mit der Teeschale berührte er nicht. Ich bat ihn, die vorgefertigte Quittung zu unterschreiben. Er entschuldigte sich und verschwand hinter einer Schiebetür.

Es wurde vollkommen still.

Dann kam er zurück, unterschrieb die Quittung für die Uhren und die Teeschale, nahm das Tablett mit und ließ mich wieder allein. Noch immer war das Kästchen ungeöffnet.

Tanata war klein und sah irgendwie vertrocknet aus. Er begrüßte mich auf westliche Art, war offensichtlich gut gelaunt und erzählte von seiner Familie in Japan.

Nach einiger Zeit ging er zum Tisch, öffnete das Kästchen und hob die Schale heraus. Er fasste sie mit einer Hand am Boden und drehte sie langsam mit der anderen vor seinen Augen. Es war eine Matcha-Schale, in der mit einem kleinen Bambusbesen leuchtend grünes Teepulver geschlagen wird. Die Schale war schwarz, über dunklem Scherben glasiert.

Solche Schalen wurden nicht auf Scheiben hergestellt, sondern von Hand geformt, keine glich der anderen. Die älteste Töpferschule signierte die Keramik mit dem Zeichen Raku. Ein Freund hatte mir einmal gesagt, dass in diesen Schalen das alte Japan lebe.

Tanata stellte sie behutsam wieder in das Kästchen und sagte: »Die Schale wurde 1581 von Chojiro für unsere Familie geschaffen.« Chojiro war der Gründer der Raku-Tradition. Die Schale starrte aus der roten Seide wie ein schwarzes Auge. »Wissen Sie, es hat schon einmal einen Krieg wegen dieser Schale gegeben. Das ist sehr lange her, der Krieg dauerte fast fünf Jahre. Ich bin froh, dass es diesmal schneller ging.« Er ließ den Deckel des Kastens zuschnappen. Es hallte.

Ich sagte, dass auch das Geld zurückbezahlt würde, er schüttelte den Kopf. »Welches Geld?«, fragte er.

»Das aus Ihrem Tresor.«

»Da war kein Geld.«

Ich verstand ihn nicht sofort.

»Meine Mandantschaft sagte …«

»Wenn dort Geld gewesen wäre«, unterbrach er mich, »wäre es vielleicht unversteuert gewesen.«

»Ja?«

»Und da Sie eine Quittung der Polizei werden vorlegen müssen, würden Fragen gestellt. Auch bei der Anzeige habe ich nicht angegeben, dass Geld gestohlen worden sei.«

Wir vereinbarten schließlich, dass ich die Polizei über die Rückführung der Schale und der Uhren informieren würde. Natürlich fragte Tanata mich nicht, wer die Täter seien, und ich fragte nicht nach Pocol und Wagner. Nur die Polizei stellte Fragen; ich konnte mich zum Schutz meiner Mandanten auf die anwaltliche Schweigepflicht berufen.

—

Samir, Özcan und Manólis überlebten.

Samir bekam einen Anruf und wurde mit seinen Freunden in ein Café auf dem Kurfürstendamm gebeten. Der Mann, der sie empfing, war höflich. Er zeigte ihnen auf dem Display eines Mobiltelefons die letzten Minuten von Pocol und Wagner, entschuldigte sich für die Qualität der Aufnahme und lud die drei zu einem Kuchen ein. Den Kuchen ließen sie stehen, aber sie gaben am nächsten Tag die 120 000 Euro zurück. Sie wussten, was sich gehört, und bezahlten zusätzlich 28 000 Euro »für die Auslagen«, mehr hatten sie nicht auftreiben können. Der freundliche Herr sagte, das sei doch nicht nötig gewesen, und steckte das Geld ein.

Manólis zog sich zurück, er übernahm ein Restaurant seiner Familie, heiratete und wurde ruhiger. In seinem Restaurant hängen Bilder von Fjorden und Fischerbooten, es gibt finnischen Wodka, und er plant, mit seiner Familie nach Finnland auszuwandern.

Özcan und Samir wandten sich dem Drogenhandel zu; sie stahlen nie wieder etwas, was sie nicht zuordnen konnten.

Tanatas Putzfrau, die den Tipp zum Einbruch gegeben hatte, machte zwei Jahre später Ferien in Antalya; die Sache hatte sie längst vergessen. Sie ging schwimmen. Obwohl das Meer an diesem Tag ruhig war, schlug sie mit dem Kopf gegen einen Felsen und ertrank.

Tanata sah ich noch einmal in der Philharmonie in Berlin, er saß vier Reihen hinter mir. Als ich mich umdrehte, grüßte er freundlich und stumm. Er starb ein halbes Jahr später. Seine Leiche wurde nach Japan überführt, das Haus in Dahlem verkauft, und auch der Sekretär kehrte in seine Heimat zurück.

Die Schale ist heute der Mittelpunkt eines Museums der Tanata-Stiftung in Tokyo.

Nachtrag

Als Manólis Samir und Özcan kennenlernte, stand er im Verdacht, mit Drogen zu handeln. Der Verdacht war unbegründet, und die richterlich angeordnete Telefonüberwachung wurde kurz darauf abgeschaltet. Aber der erste Kontakt zwischen Manólis und Samir wurde aufgezeichnet. Özcan hörte über den Lautsprecher des Handys mit und beteiligte sich an dem Gespräch.

Samir: »Bist du Grieche?«

Manólis: »Ich bin Finne.«

Samir: »Du hörst dich nicht an wie ein Finne.«

Manólis: »Ich bin Finne.«

Samir: »Du klingst wie ein Grieche.«

Manólis: »Na und. Nur weil meine Mutter und mein Vater und meine Großmütter und Großväter und überhaupt alle in meiner Familie Griechen sind, muss ich doch nicht mein ganzes Leben als Grieche herumlaufen. Ich hasse Ölbäume und Tzaziki und diesen bescheuerten Tanz. Ich bin Finne. Alles in mir ist finnisch. Ich bin Finne von innen.«

Özcan zu Samir: »Er sieht auch aus wie ein Grieche.«

Samir zu Özcan: »Lass ihn doch Finne sein, wenn er Finne sein will.«

Özcan zu Samir: »Er sieht nicht einmal wie ein Schwede aus.« Özcan kannte einen Schweden aus der Schule.

Samir: »Warum bist du Finne?«

Manólis: »Wegen der Sache mit den Griechen.«

Samir: »…«

Özcan: »…«

Manólis: »Bei den Griechen läuft das seit Jahrhunderten so: Stellt euch vor, ein Schiff geht unter.«

Özcan: »Warum?«

Manólis: »Weil es ein Leck hat oder weil der Kapitän besoffen ist.«

Özcan: »Aber warum hat das Schiff ein Leck?«

Manólis: »Scheiße, das ist nur ein Beispiel.«

Özcan: »Hmm.«

Manólis: »Das Schiff geht einfach unter. O.k.?«

Özcan: »Hmm.«

Manólis: »Alle ertrinken. Alle. Versteht ihr? Nur ein einziger Grieche überlebt. Er schwimmt und schwimmt und schwimmt und erreicht endlich das Ufer. Er kotzt sich das ganze Salzwasser aus der Kehle. Er kotzt aus dem Mund. Aus der Nase. Aus jeder Pore. Er rotzt alles raus, bis er endlich halb tot einschläft. Der Typ hat als Einziger überlebt. Alle anderen sind tot. Er liegt am Strand und pennt. Als er aufwacht, begreift er, dass nur er überlebt hat. Also steht er auf und erschlägt den nächsten Spaziergänger, den er trifft. Einfach so. Erst wenn der Spaziergänger tot ist, ist alles ausgeglichen.«

Samir: »?«

Özcan: »?«

Manólis: »Versteht ihr? Er muss einen anderen erschlagen, damit der eine, der beim Ertrinken fehlt, auch tot ist. Der andere für ihn. Minus eins, plus eins. Kapiert?«

Samir: »Nein.«

Özcan: »Wo war das Leck?«

Samir: »Wann treffen wir uns?«

Das Cello

Tacklers Smoking war hellblau, sein Hemd rosa. Sein Doppelkinn quoll über Hemdkragen und Fliege, die Jacke spannte am Bauch und warf über der Brust Falten. Er stand zwischen seiner Tochter Theresa und seiner vierten Ehefrau, beide überragten ihn. Die schwarz behaarten Finger seiner linken Hand hielten die Hüfte seiner Tochter umklammert. Sie lagen dort wie ein dunkles Tier.

Der Empfang hatte ihn viel Geld gekostet, aber er fand, dass es sich gelohnt hatte, denn sie waren alle gekommen: der Ministerpräsident, die Bankiers, die Einflussreichen und die Schönen, vor allem aber der berühmte Musikkritiker. An mehr wollte er jetzt nicht denken. Es war Theresas Fest.

Theresa war damals zwanzig Jahre alt, eine klassische schmale Schönheit mit einem Gesicht von fast vollständiger Symmetrie. Sie wirkte ruhig und gefasst, und nur eine dünne Ader an ihrem Hals zeigte den aufgeregten Schlag ihres Herzens.

Nach einer kurzen Rede ihres Vaters setzte sie sich auf die rot ausgeschlagene Bühne und stimmte das Cello. Ihr Bruder Leonhard saß auf einem Hocker neben ihr, er würde die Notenseiten umblättern. Der Gegensatz zwischen den beiden Geschwistern hätte nicht größer sein können. Leonhard war einen Kopf kleiner als Theresa, er hatte Statur und Gesicht des Vaters geerbt, nicht aber dessen Härte. Von seinem roten Kopf rann Schweiß in das Hemd, der Rand des Kragens hatte sich dunkel gefärbt. Er lächelte ins Publikum, freundlich und weich.

Die Gäste saßen auf winzigen Stühlen, sie verstummten allmählich, das Licht wurde gedämpft. Und während ich noch unentschlossen war, ob ich überhaupt aus dem Garten zurück in den Saal gehen sollte, begann sie zu spielen. Sie spielte die ersten drei der sechs Cellosuiten von Bach, und schon nach wenigen Takten war mir klar, dass ich Theresa nie wieder würde vergessen können. An jenem warmen Sommerabend in dem großen Saal der Gründerzeitvilla, deren hohe Sprossentüren sich weit in den erleuchteten Park öffneten, erlebte ich einen dieser seltenen Momente absoluten Glücks, die nur Musik uns ermöglicht.

—

Tackler war Bauunternehmer in der zweiten Generation. Er und sein Vater waren durchsetzungskräftige, intelligente Männer, die in Frankfurt ihr Vermögen mit Immobilien gemacht hatten. Der Vater hatte sein Leben lang in der rechten Hosentasche einen Revolver und in der linken ein Bündel Geld getragen. Tackler brauchte keine Waffe mehr.

Drei Jahre nach Leonhards Geburt besichtigte seine Mutter ein neu gebautes Hochhaus ihres Mannes. Im 18. Stock des Rohbaus wurde Richtfest gefeiert. Irgendjemand hatte vergessen, eine Brüstung abzusichern. Das Letzte, was Tackler von seiner Frau sah, waren ihre Handtasche und ein Sektglas, die sie neben sich auf einen Stehtisch gestellt hatte.

In den darauffolgenden Jahren zog an den Kindern eine ganze Anzahl von ›Müttern‹ vorbei. Keine blieb länger als drei Jahre. Tackler führte ein wohlhabendes Haus, es gab einen Fahrer, eine Köchin, eine Reihe von Putzfrauen und zwei Gärtner für den Park. Er hatte nicht die Zeit, sich um die Erziehung seiner Kinder zu kümmern, und so wurde die einzige Konstante in ihrem Leben eine ältliche Krankenschwester. Sie hatte schon Tackler erzogen, roch nach Lavendel und wurde von allen nur Etta genannt. Ihr Hauptinteresse galt Enten. In ihrer Zwei-Zimmer-Dachwohnung in Tacklers Haus hatte sie fünf ausgestopfte Exemplare an die Wände gehängt, und selbst im Band des braunen Filzhutes, ohne den sie nicht ausging, steckten zwei blaue Erpelfedern. Kinder mochte sie nicht besonders.

Etta war immer geblieben, sie gehörte längst zur Familie. Tackler hielt Kindheit für Zeitverschwendung, er erinnerte sich kaum an die eigene. Er vertraute Etta, weil sie mit ihm in den Grundsätzen der Erziehung übereinstimmte. Diszipliniert und, wie Tackler sagte, »ohne Dünkel« sollten die Kinder aufwachsen. Härte war manchmal notwendig.

Theresa und Leonhard mussten sich ihr Taschengeld selbst verdienen. Im Sommer stachen sie im Garten Löwenzahn aus und erhielten pro Pflanze einen halben Pfennig – »aber nur mit Wurzel, sonst gibt es nichts«, sagte Etta. Sie zählte die einzelnen Pflanzen genauso penibel wie die Pfennige. Im Winter mussten sie Schnee schippen, Etta zahlte nach Metern.

Als Leonhard neun Jahre alt war, rannte er von zu Hause weg. Er kletterte im Park auf eine Tanne und wartete, dass sie nach ihm suchen würden. Er stellte sich vor, wie erst Etta und dann sein Vater verzweifeln und seine Flucht beklagen würden. Es verzweifelte niemand. Vor dem Abendessen rief Etta, wenn er jetzt nicht käme, gäbe es nichts mehr zu essen und den Hintern voll. Leonhard gab auf, seine Kleidung war voller Harz, und er bekam eine Ohrfeige.

Zu Weihnachten schenkte Tackler den Kindern Seife und Pullover. Nur einmal schickte ein Geschäftsfreund, der in dem Jahr viel Geld mit Tackler verdient hatte, Leonhard ein Kindergewehr und Theresa eine Puppenküche. Etta brachte die Spielsachen in den Keller. »So etwas brauchen die nicht«, sagte sie, und Tackler, der nicht zugehört hatte, stimmte zu.

Etta betrachtete die Erziehung als abgeschlossen, als die Geschwister sich bei Tisch benehmen konnten, hochdeutsch sprachen und ansonsten still waren. Sie sagte zu Tackler, es werde mit ihnen kein gutes Ende nehmen. Sie seien zu weich, keine echten Tacklers wie er oder sein Vater. Ihm blieb dieser Satz im Gedächtnis.

Etta bekam Alzheimer, entwickelte sich langsam zurück und wurde milder. Sie vererbte ihre Vögel einem Heimatmuseum, das dafür keine Verwendung hatte und die Vernichtung der Präparate verfügte. Nur Tackler und die beiden Kinder waren auf ihrer Beerdigung. Auf der Rückfahrt sagte er: »So, nun ist das auch erledigt.«

Leonhard arbeitete in den Ferien für Tackler. Er wäre lieber mit Freunden unterwegs gewesen, aber er hatte kein Geld. Tackler wollte es so. Er brachte seinen Sohn auf eine der Baustellen, übergab ihn dem Vorarbeiter und sagte, er möge ihn »richtig rannehmen«. Der Vorarbeiter tat, was er konnte, und als Leonhard sich am zweiten Abend vor Erschöpfung übergab, sagte Tackler, er würde sich schon daran gewöhnen. Er selbst habe in Leonhards Alter manchmal mit seinem Vater auf den Baustellen geschlafen und »aus dem Knick geschissen«, wie die anderen Eisenflechter. Leonhard solle sich nicht einbilden, er sei »etwas Besseres«.

Auch Theresa hatte Ferienjobs, sie arbeitete in der Buchhaltung der Firma. Wie Leonhard bekam sie nur dreißig Prozent des durchschnittlichen Lohnes. »Ihr seid keine Hilfe, sondern macht Arbeit. Euer Lohn ist ein Geschenk und kein Verdienst«, sagte Tackler. Wenn sie ins Kino wollten, gab ihnen Tackler zusammen zehn Euro, und da sie mit dem Bus fahren mussten, reichte es nur für eine Karte. Sie trauten sich nicht, ihm das zu sagen. Manchmal fuhr Tacklers Fahrer sie heimlich in die Stadt und gab ihnen ein bisschen Geld – er hatte selbst Kinder und kannte seinen Chef.

Bis auf Tacklers Schwester, die in der Firma angestellt war und schon jedes Kindergeheimnis ihrem Bruder verraten hatte, gab es keine Verwandten. Vor ihrem Vater hatten die

Kinder anfangs Angst, dann hassten sie ihn, und schließlich war seine Welt ihnen so fremd geworden, dass sie ihm nichts mehr zu sagen hatten.

Tackler verachtete Leonhard nicht, aber er verabscheute das Weiche in ihm. Er dachte, er müsse ihn härter machen, ihn »schmieden«, wie er sagte. Als Leonhard fünfzehn war, hatte er in seinem Zimmer ein Bild von einer Ballettaufführung gehängt, die er mit seiner Klasse besucht hatte. Tackler riss es von der Wand und brüllte ihn an, er solle bloß aufpassen, er werde noch schwul. Er sei zu fett, sagte Takler zu Leonhard, so bekäme er nie eine Freundin.

Theresa verbrachte jede Minute mit ihrem Cello bei einem Musiklehrer in Frankfurt. Tackler verstand sie nicht; er ließ sie deshalb in Ruhe. Nur einmal war es anders. Es war Sommer, kurz nach Theresas 16. Geburtstag. Der Tag war wolkenlos. Sie schwamm nackt im Pool. Als sie aus dem Wasser kam, stand Tackler am Rand des Beckens. Er hatte getrunken. Tackler sah seine Tochter wie eine Fremde an. Er nahm das Handtuch und begann sie abzutrocknen. Als er ihre Brüste berührte, roch er nach Whiskey. Sie rannte ins Haus. In den Pool ging sie nie wieder.

Bei den wenigen gemeinsamen Abendessen unterhielt man sich über ›seine‹ Themen, über Uhren, Essen und Autos. Theresa und Leonhard kannten den Preis jedes Wagens und jeder Markenuhr. Es war ein abstraktes Spiel. Manchmal zeigte der Vater ihnen Kontoauszüge, Aktien und Geschäftsberichte. »Das alles wird einmal euch gehören«, sagte er, und Theresa flüsterte Leonhard zu, dass er das aus einem Film zitiere. »Das Innere«, sagte Tackler, »ist Blödsinn.« Das bringe nichts.

Die Kinder hatten nur sich selbst. Als Theresa am Konservatorium angenommen wurde, beschlossen sie, Tackler gemeinsam zu verlassen. Sie wollten es ihm beim Abendessen sagen und hatten dafür geübt, sie hatten sich überlegt, wie er reagieren würde, und sich die Antworten zurechtgelegt. Als sie anfingen, sagte Tackler, er habe heute keine Zeit, und verschwand. Sie mussten drei Wochen warten, dann führte Theresa das Wort. Die Geschwister glaubten, Tackler würde zumindest sie nicht schlagen. Sie sagte, dass beide Bad Homburg jetzt verlassen würden. »Bad Homburg verlassen« klinge besser, als es direkt zu sagen, fanden sie. Theresa sagte, sie würde Leonhard mitnehmen, sie kämen schon irgendwie durch.

Tackler verstand sie nicht, er aß einfach weiter. Als er Theresa bat, ihm das Brot zu geben, schrie Leonhard ihn an: »Du hast uns lange genug gequält«, und Theresa sagte etwas leiser: »Wir wollen nie so werden wie du.« Tackler ließ das Messer auf den Teller fallen. Es klirrte. Dann stand er wortlos auf, ging zum Wagen und fuhr zu seiner Freundin. Erst gegen drei Uhr nachts kehrte er zurück.

Später in dieser Nacht saß Tackler allein in der Bibliothek. Auf dem Bildschirm, der in die Bücherwand eingebaut war, lief ein selbst gedrehter Film ohne Ton. Er war von einer Super-8-Kamera auf Video überspielt worden. Die Bilder waren überbelichtet:

Seine erste Frau hält die beiden Kinder an den Händen,

Theresa mag drei und Leonhard zwei Jahre alt sein. Seine Frau sagt etwas, ihr Mund bewegt sich lautlos, sie gibt Theresa frei, zeigt in die Ferne. Die Kamera folgt ihrem Arm, im unscharfen Hintergrund eine Burgruine. Schwenk zurück auf Leonhard, er versteckt sich hinter dem Bein seiner Mutter und weint. Steine und Rasen verwackelt in Nahaufnahme, die Kamera wird übergeben, während sie weiterläuft. Sie fährt wieder nach oben, Tackler in Jeans und offenem Hemd, Haare auf der Brust, er lacht breit und ohne Ton, er hält Theresa gegen die Sonne, er küsst sie, er winkt in die Kamera. Das Bild wird heller, der Film reißt ab.

In dieser Nacht beschloss Tackler, für Theresa ein Abschiedskonzert auszurichten, seine Beziehungen sollten ausreichen, er würde sie »ganz nach oben« bringen. Tackler wollte kein schlechter Mensch sein. Er schrieb jedem seiner Kinder einen Scheck über 250 000 Euro aus und legte sie auf den Frühstückstisch. Er fand, das wäre genug.

—

Am Tag nach dem Konzert gab es in einer überregionalen Zeitung einen fast euphorischen Artikel. Der große Musikkritiker bescheinigte Theresa eine »strahlende Zukunft« als Cellistin.

Sie meldete sich nicht am Konservatorium an. Theresa glaubte, ihre Begabung sei so groß, dass sie noch warten könne. Jetzt ging es um etwas anderes. Die Geschwister fuhren fast drei Jahre lang durch Europa und die USA. Sie spielte auf ein paar privaten Konzerten und ansonsten nur für ihren

Bruder. Das Geld Tacklers machte die Geschwister zumindest für einige Zeit unabhängig. Sie blieben unzertrennlich. Ihre Affären nahmen sie nicht ernst, und es gab in diesen Jahren kaum einen Tag, den sie ohne den anderen verbrachten. Sie schienen frei zu sein.

—

Fast auf den Tag genau zwei Jahre nach ihrem Konzert in Bad Homburg traf ich die beiden auf einem Fest in der Nähe von Florenz wieder. Man feierte im Castello di Tornano, einer Burgruine aus dem 11. Jahrhundert, umgeben von Olivenbäumen und Zypressen inmitten von Weinbergen. »Jeunesse dorée« nannte der Gastgeber die Geschwister, die in einem Cabriolet aus den Sechzigerjahren ankamen. Theresa küsste ihn, und Leon zog übertrieben elegant seinen albernen Borsalino-Strohhut.

Als ich später am Abend zu Theresa sagte, ich hätte nie wieder so intensiv wie im Hause ihres Vaters die Cellosuiten gehört, antwortete sie: »Es ist das Prélude der ersten Suite. Nicht die sechste Suite, die jeder für die bedeutendste hält und die die schwierigste ist. Nein, es ist die Erste.« Sie trank einen Schluck, beugte sich vor und flüsterte mir ins Ohr: »Verstehst du, das Prélude der Ersten. Sie ist das ganze Leben in drei Minuten.« Dann lachte sie.

—

Am Ende des darauffolgenden Sommers waren die Geschwister in Sizilien. Sie wohnten für ein paar Tage bei einem Rohstoffhändler, der dort ein Haus für den Sommer gemietet hatte. Er hatte sich etwas in Theresa verliebt.

Leonhard erwachte mit leichtem Fieber. Er dachte, es läge an dem Alkohol der letzten Nacht. Er wollte nicht krank sein, nicht an diesem strahlenden Tag, nicht in dieser glücklichen Zeit. Die E.-Coli-Bakterien breiteten sich schnell in seinem Körper aus. Sie waren im Wasser gewesen, das er vor zwei Tagen an einer Tankstelle getrunken hatte.

In der Garage fanden sie eine alte Vespa und fuhren in Richtung Meer. Der Apfel lag mitten auf dem Asphalt, ein Erntewagen hatte ihn verloren. Er war fast rund und glänzte in der Mittagssonne. Als Theresa etwas sagte, drehte Leonhard den Kopf, um sie zu verstehen. Das Vorderrad glitt über den Apfel und stellte sich quer. Leonhard verlor die Kontrolle. Theresa hatte Glück, sie stauchte sich nur die Schulter und hatte ein paar Schürfwunden. Leonhards Kopf wurde zwischen dem Hinterrad und einem Stein eingequetscht und platzte auf.

In der ersten Nacht im Krankenhaus verschlechterte sich sein Zustand. Niemand untersuchte sein Blut, es gab anderes zu tun. Theresa rief ihren Vater an, und Tackler schickte mit dem Learjet der Firma einen Arzt aus Frankfurt; er traf zu spät ein. In Leonhards Körper waren Gifte aus den Nieren in die Blutbahn gelangt. Theresa saß auf dem Flur vor dem Operationssaal. Der Arzt hielt ihre Hand, während er mit ihr sprach. Die Klimaanlage war laut, die Scheibe, die Theresa seit Stunden anstarrte, blind vor Staub. Der Arzt sagte, es sei eine Urosepsis mit Multiorganversagen. Theresa verstand ihn nicht. Urin sei in Leonhards Körper, die Überlebenschance betrage zwanzig Prozent. Der Arzt sprach immer weiter, seine Worte schufen Distanz. Theresa hatte fast vierzig Stunden nicht geschlafen. Als er wieder in den Saal ging, schloss sie die Augen. Er hatte »Ableben« gesagt, und sie sah das Wort in schwarzen Buchstaben vor sich. Es hatte nichts mit ihrem Bruder zu tun. Sie hatte »Nein« gesagt. Einfach nur »Nein«. Sonst nichts.

Am sechsten Tag nach der Einlieferung stabilisierte sich Leonhards Zustand. Er konnte nach Berlin geflogen werden. Als er in der Charité eintraf, war sein Körper von Nekrosen überzogen, schwarzem, lederartigem Belag, der das Absterben der Zellen anzeigte. Die Ärzte operierten ihn vierzehnmal. Daumen, Zeige- und Ringfinger der linken Hand wurden entfernt. Die linken Zehen wurden im Grundgelenk abgenommen, ebenso der rechte Vorderfuß und Teile des rechten Rückfußes. Es blieb nur ein deformierter Klumpen übrig, kaum belastbar, Knochen und Knorpel drückten sichtbar gegen die Haut. Leonhard lag im künstlichen Koma. Er hatte überlebt, die Auswirkungen seiner Kopfverletzung ließen sich noch nicht einschätzen.

Der Hippocampus ist Poseidons Zugtier, ein griechisches Seeungeheuer, halb Pferd, halb Wurm. Nach ihm ist ein sehr alter Teil des Gehirns in den Schläfenlappen benannt. Gedächtnisinhalte werden dort vom Kurzzeit- ins Langzeitgedächtnis überführt. Leonhards Hippocampi waren verletzt. Als man ihn nach neun Wochen aus dem Koma holte, fragte er Theresa, wer sie sei. Und dann, wer er sei. Er hatte sein Gedächtnis vollständig verloren und konnte sich nichts länger als drei oder vier Minuten merken. Die Ärzte versuchten ihm nach unzähligen Tests zu erklären, dass es eine Amnesie sei, anterograd und retrograd. Leonhard verstand ihre Erklärungen, aber nach drei Minuten und vierzig Sekunden hatte er sie wieder vergessen. Er vergaß auch seine Vergesslichkeit.

Und während Theresa ihn pflegte, sah er nur eine schöne Frau.

—

Nach zwei Monaten konnten die Geschwister in die Berliner Wohnung ihres Vaters ziehen. Jeden Tag kam für drei Stunden eine Krankenschwester, ansonsten kümmerte sich Theresa um alles. Anfangs lud sie noch Freunde zu Abendessen ein, dann ertrug sie es nicht mehr, wie sie Leonhard ansahen. Tackler besuchte sie einmal im Monat.

Es waren Monate der Einsamkeit. Allmählich verfiel Theresa, ihr Haar wurde strohig, ihre Haut fahl. Eines Abends holte sie das Cello aus dem Koffer, sie hatte es seit Monaten nicht angerührt. Im Halbdunkel des Zimmers spielte sie. Leonhard lag auf dem Bett und döste. Irgendwann schlug er die Bettdecke zurück und begann zu masturbieren. Sie hörte auf zu spielen und drehte sich zum Fenster. Er bat sie, zu ihm zu kommen. Theresa sah ihn an. Er richtete sich auf und verlangte, sie zu küssen, sie schüttelte den Kopf. Er ließ sich zurückfallen und sagte, sie solle wenigstens ihre Bluse öffnen.

Der vernarbte Stumpf seines rechten Fußes lag wie ein Stück Fleisch auf dem weißen Laken. Sie ging zu ihm und streichelte seine Wange. Dann zog sie sich aus, setzte sich auf den Stuhl und spielte mit geschlossenen Augen. Sie wartete, bis er einschlief, stand auf, wischte mit einem Handtuch das Sperma von seinem Bauch, deckte ihn zu und küsste ihn auf die Stirn.

Sie ging ins Bad und übergab sich.

Obwohl die Ärzte es ausgeschlossen hatten, dass Leonhard sein Gedächtnis zurückerlangen könnte, schien das Cello ihn zu berühren. Während sie spielte, glaubte sie eine blasse, eine kaum wahrnehmbare Verbindung zu ihrem früheren Leben zu spüren, ein schwacher Abglanz der Innigkeit, die sie so sehr vermisste. Leonhard erinnerte sich manchmal noch am nächsten Tag an das Cello. Er sprach davon, und wenn er auch keine Zusammenhänge herstellen konnte, schien irgendetwas in seinem Gedächtnis haften zu bleiben. Theresa spielte jetzt jeden Abend für ihn, fast immer masturbierte er, und fast immer fiel sie danach im Badezimmer in sich zusammen und weinte.

Sechs Monate nach der letzten Operation begannen die Narben Leonhards zu schmerzen. Die Ärzte sagten, dass weitere Amputationen notwendig seien. Nach einer Computertomografie erklärten sie, er würde bald auch die Sprache verlieren. Theresa wusste, dass sie das nicht ertragen könnte.

—

Der 26. November war ein kalter grauer Herbsttag, es war früh dunkel geworden. Theresa hatte Kerzen auf den Tisch gestellt und schob Leonhard im Rollstuhl an seinen Platz. Die Zutaten für die Fischsuppe hatte sie im KaDeWe gekauft, er hatte sie früher gerne gegessen. In der Suppe, in den Erbsen, im Rehbraten, in der Mousse au Chocolat und selbst im Wein war Luminal, ein Barbiturat, das sie problemlos wegen Leonhards Schmerzen bekommen hatte. Sie gab es ihm in kleinen Mengen, damit er es nicht erbrach. Sie selbst aß nichts und wartete.

Leonhard wurde schläfrig. Sie schob ihn ins Badezimmer und ließ die große Wanne ein. Sie zog ihn aus, er hatte kaum noch die Kraft, sich an den neuen Griffen in die Wanne zu wuchten. Dann zog auch sie sich aus und stieg zu ihm in das warme Wasser. Er saß vor ihr, sein Kopf lehnte an ihren Brüsten, er atmete ruhig und gleichmäßig. Als Kinder hatten sie oft so zusammen in der Badewanne gesessen, weil Etta kein Wasser verschwenden wollte. Theresa hielt ihn fest umschlungen, sie legte ihren Kopf auf seine Schulter. Als er eingeschlafen war, küsste sie seinen Nacken und ließ ihn unter Wasser gleiten. Leonhard atmete tief ein. Es gab keinen Todeskampf, das Luminal hatte seine Steuerungsfähigkeit ausgeschaltet. Seine Lungen füllten sich mit Wasser, er ertrank. Sein Kopf lag zwischen ihren Beinen, er hatte die Augen geschlossen, und seine langen Haare trieben an die Oberfläche. Nach zwei Stunden stieg sie aus der kalten Wanne, legte ein Handtuch über ihren toten Bruder und rief mich an.

—

Sie gestand. Aber es war nicht nur ein Geständnis, sie saß fast sieben Stunden vor den beiden Ermittlungsbeamten und diktierte ihr Leben ins Protokoll. Sie legte Rechenschaft ab. Sie begann mit ihrer Kindheit und endete mit dem Tod ihres Bruders. Sie ließ nichts aus. Sie weinte nicht, sie brach nicht zusammen, sie saß kerzengerade und sprach gleichmäßig, ruhig und druckreif. Zwischenfragen waren nicht notwendig. Während die Schreibkraft ihre Aussage ausdruckte, rauchten wir in einem Nebenzimmer eine Zigarette. Sie sagte, sie würde nun nicht mehr darüber sprechen, sie habe alles gesagt. »Mehr habe ich nicht«, sagte sie.

Natürlich wurde Haftbefehl wegen Mordes erlassen. Ich besuchte sie fast jeden Tag im Gefängnis. Sie ließ sich Bücher schicken und blieb auch in den Freistunden in ihrer Zelle. Lesen war ihre Betäubung. Wenn wir uns trafen, wollte sie nicht über ihren Bruder sprechen. Auch der bevorstehende Prozess interessierte sie nicht. Sie las mir lieber aus den Büchern vor, Abschnitte, die sie in ihrer Zelle ausgesucht hatte. Es waren Vorlesestunden in einem Gefängnis. Ich mochte ihre warme Stimme, aber damals verstand ich es nicht: Ihr war keine andere Möglichkeit geblieben, sich zu äußern.

Am 24. Dezember war ich bis zum Ende der Besuchszeit bei ihr. Dann schlossen sich die Panzerglastüren hinter mir. Draußen hatte es geschneit, alles war friedlich, es war Weihnachten. Theresa wurde wieder in ihre Zelle gebracht, sie setzte sich an den kleinen Tisch und schrieb einen Brief an ihren Vater. Dann zerriss sie das Bettlaken, drehte es zu einem Seil und erhängte sich am Fenstergriff.

Am 25. Dezember erhielt Tackler einen Anruf von der diensthabenden Notstaatsanwältin. Nachdem er aufgelegt hatte, öffnete er den Tresor, nahm den Revolver seines Vaters, steckte sich den Lauf in den Mund und drückte ab.

—

Die Gefängnisverwaltung verwahrte Theresas Habe in der Hauskammer. In unserer Strafprozessvollmacht steht, dass wir als Anwälte berechtigt sind, Gegenstände für unsere Mandanten in Empfang zu nehmen. Irgendwann schickte die Justiz ein Paket mit ihrer Kleidung und ihren Büchern. Wir leiteten die Sachen an ihre Tante nach Frankfurt weiter.

Eines ihrer Bücher habe ich behalten, sie hatte meinen Namen auf die erste Seite geschrieben. Es war »Der große Gatsby« von Scott Fitzgerald. Das Buch lag zwei Jahre unberührt in meinem Schreibtisch, bis ich es wieder in die Hand nehmen konnte. Sie hatte die Stellen, die sie vorlesen wollte, blau angestrichen und daneben winzige Noten gezeichnet. Nur eine Stelle war rot markiert, der letzte Satz, und wenn ich ihn lese, kann ich noch immer ihre Stimme hören:

»So regen wir die Ruder und stemmen uns gegen den Strom – und treiben doch stetig zurück, dem Vergangenen zu.«

Der Igel

Die Richter zogen im Beratungszimmer ihre Roben an, einer der Schöffen kam ein paar Minuten zu spät, und der Wachtmeister wurde ausgetauscht, nachdem er über Zahnschmerzen geklagt hatte. Der Angeklagte war ein grobschlächtiger Libanese, Walid Abou Fataris, und er schwieg von Anfang an. Die Zeugen sagten aus, das Opfer übertrieb ein wenig, die Beweismittel wurden ausgewertet. Man verhandelte über einen ganz normalen Raub, für den eine Strafe von fünf bis fünfzehn Jahren vorgesehen ist. Die Richter waren sich einig: Angesichts des Vorstrafenregisters des Angeklagten würden sie ihm acht Jahre geben, an seiner Täterschaft oder Schuldfähigkeit gab es keine Zweifel. Der Prozess plätscherte den ganzen Tag vor sich hin. Nichts Besonderes also, aber es war auch nichts Besonderes zu erwarten gewesen.

Es wurde drei Uhr nachmittags, der Hauptverhandlungstag würde bald enden. Für heute blieb nicht mehr viel zu tun. Der Vorsitzende sah auf die Zeugenliste, nur Karim, ein Bruder des Angeklagten, musste noch angehört werden. ›Na ja‹, dachte der Vorsitzende, ›man weiß ja, was man von Verwandtenalibis zu halten hat‹, und sah ihn über seine Lesebrille an. Er hatte auch nur eine Frage an diesen Zeugen, nämlich, ob er tatsächlich behaupten wolle, dass sein Bruder Walid zu Hause gewesen sei, als das Pfandleihhaus in der Wartenstraße ausgeraubt worden war. Der Richter stellte Karim die Frage so einfach wie möglich, er fragte sogar zweimal nach, ob Karim sie auch verstanden habe.

Niemand hatte erwartet, dass Karim überhaupt den Mund aufmachen würde. Der Vorsitzende hatte ihn als Bruder des Angeklagten lange belehrt, dass er schweigen dürfe. So war das Gesetz. Jeder im Saal, auch Walid und sein Anwalt, war überrascht, dass er aussagen wollte. Jetzt warteten sie alle auf seine Antwort, von der die Zukunft seines Bruders abhängen sollte. Die Richter waren ungeduldig, der Anwalt gelangweilt, und einer der Schöffen sah dauernd auf die Uhr, weil er noch den Fünfuhrzug nach Dresden erreichen wollte. Karim war der letzte Zeuge dieser Hauptverhandlung, die Unwichtigen hört man bei Gericht zum Schluss. Karim wusste, was er tat. Er hatte es immer gewusst.

—

Karim wuchs in einer Familie von Verbrechern auf. Über seinen Onkel erzählte man sich, er habe im Libanon wegen einer Kiste Tomaten sechs Menschen erschossen. Jeder der acht Brüder Karims hatte eine Vorstrafenliste, deren Verlesung in den Strafprozessen bis zu einer halben Stunde dauerte. Sie hatten gestohlen, geraubt, betrogen, erpresst und

Meineide geschworen. Nur für Mord und Totschlag waren sie noch nicht verurteilt worden.

In der Familie hatten seit Generationen die Cousins ihre Cousinen und die Neffen ihre Nichten geheiratet. Als Karim auf die Schule kam, stöhnten die Lehrer: »Schon wieder ein Abou Fataris«, und dann behandelten sie ihn wie einen Idioten. Er musste sich in die hinterste Bank setzen, und sein erster Klassenlehrer erklärte ihm, dem Sechsjährigen, er solle nicht auffallen, er dürfe sich nicht prügeln, und er solle schweigen. Also schwieg Karim. Ihm wurde schnell klar, dass er nicht zeigen durfte, dass er anders war. Seine Brüder schlugen ihm auf den Hinterkopf, weil sie nicht verstanden, was er sagte. Die Mitschüler – in der ersten Klasse waren es dank eines städtischen Integrationsmodells 80 Prozent Ausländer – machten sich bestenfalls über ihn lustig, wenn er versuchte, ihnen etwas zu erklären. Normalerweise schlugen auch sie ihn, wenn er zu anders wirkte. Also schrieb Karim schlechte Noten. Ihm blieb nichts anderes übrig.

Als er zehn Jahre alt war, hatte er sich Stochastik, Integralrechnung und analytische Geometrie aus einem Lehrbuch beigebracht. Er hatte das Buch aus der Lehrerbibliothek gestohlen. Aber für die Klassenarbeiten rechnete er sich aus, wie viele der lächerlichen Aufgaben er falsch lösen musste, um eine unauffällige Vier minus zu bekommen. Manchmal hatte er das Gefühl, dass sein Gehirn surrte, wenn er auf ein mathematisches Problem in dem Buch stieß, das als unlösbar galt. Das waren die Momente seines persönlichen Glücks.

Er wohnte, wie alle Brüder, selbst der Älteste mit 26 Jahren, bei seiner Mutter; der Vater war kurz nach seiner Geburt gestorben. Die Wohnung der Familie in Neukölln hatte sechs Zimmer. Sechs Zimmer für zehn Personen. Er war der Jüngste, ihm war die Abstellkammer zugeteilt worden. Das Oberlicht war aus Milchglas, und es gab ein Regal aus Fichtenholz. Hier fanden sich die Dinge wieder, die niemand mehr wollte: Besen ohne Stiele, Putzeimer ohne Henkel, Kabel, für die es keine Geräte mehr gab. Er saß dort den ganzen Tag vor einem Computer, und während seine Mutter glaubte, er würde sich – wie seine starken Brüder – mit Videospielen beschäftigen, las er Klassiker auf Gutenberg.de.

Mit zwölf versuchte er zum letzten Mal, wie seine Brüder zu werden. Er schrieb ein Programm, das die elektronischen Sperren der Postbank überlisten und unauffällig hundertstel Centbeträge von Millionen Konten abbuchen konnte. Seine Brüder begriffen nicht, was ihnen der »Dumme«, wie sie ihn nannten, gegeben hatte. Sie schlugen ihm wieder auf den Hinterkopf, die CD mit dem Programm schmissen sie weg. Nur Walid spürte, dass Karim ihnen überlegen war, er nahm ihn in Schutz vor den gröberen Brüdern.

Als Karim achtzehn Jahre alt wurde, verließ er die Schule. Er hatte es so eingerichtet, dass er seinen Realschulabschluss knapp bestanden hatte. Noch nie war jemand in seiner Familie so weit gekommen. Er lieh sich von Walid 8000 Euro. Walid dachte, Karim brauche das Geld für den Drogenhandel, und gab es ihm gerne. Karim wusste inzwischen so viel über die Börse, dass er über das Internet am Forex-Markt handelte. Innerhalb eines Jahres verdiente er fast 700 000 Euro. Er mietete sich ein kleines Appartement in einem bürgerlichen Stadtteil, verließ jeden Morgen die elterliche Wohnung und nahm so viele Umwege, bis er ganz sicher sein konnte, dass ihm niemand gefolgt war. Er richtete sein Refugium ein, kaufte sich Mathematikbücher und einen schnelleren Computer und verbrachte seine Zeit mit dem Handel an der Börse und mit Lesen.

Seine Familie nahm an, der »Dumme« handle jetzt mit Drogen, und war damit zufrieden. Natürlich war er viel zu schmächtig für einen echten Abou Fataris. Er ging nie ins Kick-and-Fight-Sportstudio, aber immerhin trug er wie sie Goldketten, Satinhemden in grellen Farben und schwarze Nappalederjacken. Er redete im Neuköllner Slang und verdiente sich sogar ein klein wenig Respekt, weil er noch nie erwischt worden war. Seine Brüder nahmen ihn nicht ernst. Wenn man sie gefragt hätte, hätte man zur Antwort bekommen, er gehöre halt zur Familie. Darüber hinaus machte man sich keine Gedanken über ihn.

Von seinem Doppelleben ahnte niemand etwas. Weder davon, dass Karim eine komplett andere Garderobe besaß, noch dass er spielend sein Abitur in der Abendschule nachgeholt hatte und zweimal pro Woche Mathematikvorlesungen an der Technischen Universität hörte. Er verfügte über ein kleines Vermögen, bezahlte Steuern und hatte eine nette Freundin, die Literaturwissenschaften studierte und nichts von Neukölln wusste.

—

Karim hatte die Akte des Strafverfahrens gegen Walid gelesen. Alle in der Familie hatten sie in der Hand gehabt, aber nur er hatte ihren Inhalt verstanden. Walid hatte einen Pfandleiher überfallen, 14490 Euro geraubt und war nach Hause gerast, um sich ein Alibi zu verschaffen. Das Opfer hatte die Polizei alarmiert und eine genaue Beschreibung des Täters geliefert; den beiden Ermittlungsbeamten war sofort klar, dass es sich um einen Abou Fataris handeln musste. Die Brüder sahen sich allerdings unglaublich ähnlich, ein Umstand, der sie schon oft gerettet hatte. Kein Zeuge konnte sie bei einer Gegenüberstellung auseinanderhalten, und selbst auf Filmen von Überwachungskameras ließen sie sich kaum unterscheiden.

Diesmal waren die Polizisten schnell. Walid hatte die Beute unterwegs versteckt und die Tatwaffe in die Spree geworfen. Als die Polizei die Wohnung stürmte, saß er auf dem Sofa und trank Tee. Er trug ein apfelgrünes T-Shirt mit leuchtend gelber Aufschrift: »FORCED TO WORK«. Er wusste nicht, was das bedeutete, aber er fand es schön. Die Polizisten nahmen ihn fest. Sie richteten wegen »Gefahr im Verzug« eine »durchsuchungsbedingte Unordnung« an: Sie schnitten die Sofas auf, kippten Schubladen auf den Boden, warfen Schränke um, und selbst die Fußbodenleisten rissen sie von der Wand, weil sie dahinter Verstecke vermuteten. Sie fanden nichts.

Walid blieb dennoch in Haft – der Pfandleiher hatte sein T-Shirt eindeutig beschrieben. Die beiden Polizisten freuten sich, endlich mal einen Abou Fataris geschnappt zu haben, den man für mindestens fünf Jahre aus dem Verkehr ziehen konnte.

—

Karim saß auf dem Zeugenstuhl und blickte auf zur Richterbank. Er wusste, dass niemand im Saal ihm ein Wort glauben würde, wenn er Walid einfach nur ein Alibi gäbe. Er war schließlich ein Abou Fataris, einer aus der Familie, die von der Staatsanwaltschaft als Intensivtäter geführt wurde. Jeder hier erwartete, dass er lügen würde. So konnte es nicht funktionieren, Walid würde für viele Jahre im Gefängnis verschwinden.

Karim dachte an den Satz des Sklavensohnes Archilochos, der sein Leitmotiv war: »Viel versteht der Fuchs, der Igel eines nur.« Mochten die Richter und Staatsanwälte Füchse sein, er war der Igel und hatte seine Kunst gelernt.

»Herr Richter …«, sagte er und schluchzte. Ihm war klar, dass das niemanden rühren würde, aber es steigerte ein wenig die Aufmerksamkeit. Karim gab sich alle Mühe, dumm, aber glaubwürdig zu klingen. »Herr Richter, der Walid ist den ganzen Abend zu Hause gewesen.« Er ließ die Pause wirken. Er sah aus dem Augenwinkel, dass der Staatsanwalt eine Verfügung schrieb, er leitete damit gegen ihn ein Verfahren wegen Falschaussage ein.

»So, so, den ganzen Abend zu Hause …«, sagte der Vorsitzende und beugte sich vor. »Aber das Opfer hat Walid eindeutig identifiziert.«

Der Staatsanwalt schüttelte den Kopf, und der Verteidiger vertiefte sich in die Akte.

Karim kannte die Fotos der Gegenüberstellung aus den Akten. Vier Polizisten, die wie Polizisten aussahen: blondes Oberlippenbärtchen, Bauchtasche, Sportschuhe. Und dann Walid: einen Kopf größer und doppelt so breit, dunkle Haut, grünes T-Shirt mit gelber Schrift. Eine neunzigjährige halb blinde Dame, die nicht dabei gewesen war, hätte ihn »eindeutig identifiziert«.

Karim schluchzte wieder und wischte sich mit dem Jackenärmel die Nase ab. Es blieb einiges hängen. Er betrachtete es und sagte: »Nein, Herr Richter, es ist nicht Walid gewesen. Bitte glauben Sie mir.«

»Ich belehre Sie nochmals, dass Sie, wenn Sie hier schon aussagen, die Wahrheit sagen müssen.«

»Das tue ich ja.«

»Ihnen drohen schlimme Strafen, Sie können ins Gefängnis kommen«, sagte der Richter. Er wollte sich bei der Belehrung auf Karims Niveau begeben. Dann sagte er überlegen: »Wer soll es denn gewesen sein, wenn es Walid nicht war?« Er sah in die Runde, der Staatsanwalt lächelte.

»Ja, wer denn?«, wiederholte der Staatsanwalt. Er fing sich einen strafenden Blick des Vorsitzenden ein, das hier war seine Befragung.

Karim zögerte, so lange er konnte. Er zählte in Gedanken bis fünf. Dann sagte er:

»Imad.«

»Was? Was meinen Sie mit: ›Imad‹?«

»Der Imad war's, nicht der Walid«, sagte Karim.

»Wer ist denn dieser Imad?«

»Der Imad ist mein anderer Bruder«, sagte Karim.

Der Vorsitzende sah ihn erstaunt an, selbst der Verteidiger wachte plötzlich wieder auf. ›Ein Abou Fataris bricht die Regeln und belastet jemanden aus der eigenen Familie?‹, fragten sich alle.

»Aber der Imad ist weg, bevor die Polizei gekommen ist«, fügte Karim hinzu.

»Ja? Na ja.« Der Vorsitzende begann, sich zu ärgern. ›Was für ein dummes Geschwätz‹, dachte er.

»Er hat mir noch das hier gegeben«, sagte Karim. Ihm war klar, dass die Aussage alleine nicht reichen würde. Er hatte schon Monate vor dem Prozess damit begonnen, von seinen Konten unterschiedliche Beträge abzuheben. Jetzt lag das Geld in genau der Stückelung, die Walid geraubt hatte, in einem braunen Briefumschlag. Er übergab ihn dem Vorsitzenden.

»Was ist da drin?«, fragte der Richter.

»Ich weiß nicht«, sagte Karim.

Der Richter riss den Umschlag auf und nahm das Geld heraus. Er achtete nicht auf Fingerabdrücke, aber es wären ohnehin keine zu finden gewesen. Er zählte laut und langsam: »14490 Euro sind das. Und das hat Imad Ihnen am Abend des 17.4. übergeben?«

»Ja, Herr Richter, so war's.«

Der Vorsitzende dachte nach. Dann stellte er die Frage, mit der er diesem Karim beikommen wollte. Er fragte mit etwas höhnischem Unterton: »Herr Zeuge, können Sie sich denn erinnern, was für Kleidung Imad trug, als er Ihnen den Umschlag gab?«

»Ähh. Warten Sie.«

Erleichterung auf der Richterbank. Der Vorsitzende lehnte sich zurück.

›Jetzt langsam, leg eine Pause ein, zwing dich zu Pausen‹, dachte Karim und sagte: »Jeans, schwarze Lederjacke, T-Shirt.«

»Was für ein T-Shirt?«

»Oh, das weiß ich wirklich nicht mehr«, sagte Karim.

Der Vorsitzende sah befriedigt seinen Berichterstatter an, der das Urteil später würde schreiben müssen. Die beiden Richter nickten sich zu.

»Ähh …« Karim kratzte sich am Kopf. »Ah, doch, ich weiß es wieder. Wir haben alle diese T-Shirts vom Onkel gehabt. Der hat die ganz billig gekriegt und uns geschenkt. Da steht so was drauf, auf Englisch, dass wir arbeiten müssen und so. So ganz lustig halt.«

»Meinen Sie dieses T-Shirt, das Ihr Bruder Walid auf dem Bild trägt?« Der Vorsitzende legte Karim ein Foto aus der Bildermappe vor.

»Ja, ja, Herr Richter. Genau. Das ist es. Wir haben ganz viele davon. Das habe ich auch an. Aber das auf dem Foto ist der Walid, nicht der Imad.«

»Ja, das weiß ich auch«, sagte der Richter.

»Zeigen Sie mal«, sagte der Staatsanwalt.

›Endlich‹, dachte Karim und sagte: »Wie zeigen? Die sind doch in der Wohnung.«

»Nein, das, das Sie jetzt tragen, meine ich.«

»Echt jetzt?«, fragte Karim.

»Ja, ja, los doch«, sagte der Vorsitzende.

Als auch der Staatsanwalt ernst nickte, zuckte Karim mit den Schultern. Er zog so teilnahmslos wie möglich den Reißverschluss seiner Lederjacke auf und öffnete sie. Er trug das gleiche T-Shirt wie Walid auf dem Bild in den Akten. Karim hatte davon zwanzig Stück in der vergangenen Woche in einem der unzähligen Kopierläden in Kreuzberg hergestellt, an alle Brüder verteilt und zehn weitere in der elterlichen Wohnung deponiert – falls nochmals eine Durchsuchung stattfände.

Die Verhandlung wurde unterbrochen und Karim vor die Tür geschickt. Zuvor hörte er den Richter noch zum Staatsanwalt sagen, dass nur noch die Gegenüberstellung bleibe, weitere Beweismittel habe man nicht. ›Die erste Runde ist gut gegangen‹, dachte er.

Als Karim wieder hereingerufen wurde, wurde er gefragt, ob er vorbestraft sei, was er verneinte. Die Staatsanwaltschaft hatte einen Registerauszug besorgt, der das bestätigte.

»Herr Abou Fataris«, sagte der Staatsanwalt, »Ihnen ist doch klar, dass Sie mit Ihrer Aussage Imad belasten.«

Karim nickte. Beschämt sah er nach unten auf seine Schuhe.

»Warum tun Sie das?«

»Also«, er stotterte jetzt sogar ein wenig, »der Walid ist auch mein Bruder. Ich bin der Jüngste, die sagen alle immer, ich bin der Dumme und so. Aber der Walid und der Imad sind halt beide meine Brüder. Verstehen Sie? Und wenn es aber ein anderer Bruder gewesen ist, dann kann doch der Walid nicht in den Knast wegen dem Imad. Besser wäre es schon, wenn es ein ganz anderer, also so nicht aus der Familie … aber es ist auch ein Bruder. Der Imad halt.«

Und nun holte Karim zum letzten Schlag aus.

»Herr Richter«, sagte er, »der Walid war's wirklich nicht.

Aber das stimmt schon, der Walid und der Imad sehen ganz gleich aus. Schauen Sie.« Er kramte aus seinem speckigen Geldbeutel ein zerknittertes Familienbild mit allen neun Brüdern hervor und hielt es dem Vorsitzenden unangenehm nah vor die Nase. Der Vorsitzende griff danach und legte es ärgerlich auf den Richtertisch.

»Da, der Erste da, das bin ich. Der Zweite, Herr Richter, das ist der Walid, der Dritte, das ist der Farouk, der Vierte, das ist der Imad, der Fünfte, das ist der …«

»Dürfen wir das Bild behalten?«, unterbrach der Pflichtverteidiger, ein freundlicher älterer Anwalt, dem plötzlich der Fall nicht mehr so aussichtslos erschien.

»Nur wenn ich's wiederkriege, ich hab nur das eine. Das haben wir mal für die Tante Halima im Libanon gemacht. Vor einem halben Jahr, also so alle neun Brüder nebeneinander, verstehen Sie?« Karim sah die Prozessbeteiligten an, ob sie verstanden. »Damit die Tante mal alle sieht. Dann haben wir es aber doch nicht geschickt, weil der Farouk gesagt hat, dass er blöd aussieht…« Karim sah sich das Bild nochmals an. »Er sieht auch blöd drauf aus, der Farouk. Er ist gar nicht …«

Der Vorsitzende winkte ab. »Gehen Sie auf Ihren Platz zurück, Herr Zeuge.«

Karim setzte sich auf den Zeugenstuhl und begann von Neuem: »Also noch mal, Herr Richter. Der Erste da, das bin ich, der Zweite, das ist der Walid, der Dritte, das ist der Farouk, der Vierte …«

»Danke«, sagte der Richter genervt. »Wir haben das verstanden.«

»Also, die verwechselt jeder, auch in der Schule haben die

Lehrer sie verwechselt. Einmal haben die bei einer Klassenarbeit in Bio, weil der Walid so schlecht war in Bio …«, fuhr Karim unbeirrt fort.

»Danke«, sagte der Richter laut.

»Nee, aber ich erzähl das mal mit der Bioarbeit, wie das war …«

»Nein«, sagte der Richter.

Karim wurde als Zeuge entlassen und ging aus dem Saal.

Der Pfandleiher saß auf der Zuschauerbank. Das Gericht hatte ihn bereits gehört, aber er wollte die Verurteilung miterleben. Er war schließlich das Opfer. Jetzt wurde er nochmals nach vorne gerufen, und ihm wurde das Familienbild vorgelegt. Er hatte verstanden, dass es um die ›Nummer zwei‹ ging, den musste er erkennen. Er sagte – etwas zu schnell, wie er selbst später fand –, dass der Täter »natürlich der zweite Mann auf dem Bild« gewesen sei. Er habe keine Zweifel, das sei der Täter, ja, völlig eindeutig »die Nummer zwei«. Das Gericht beruhigte sich etwas.

Vor der Tür überlegte Karim inzwischen, wie lange es dauern würde, bis die Richter die Situation vollständig begriffen hätten. Der Vorsitzende würde nicht lange brauchen, er würde beschließen, den Pfandleiher nochmals zu befragen. Karim wartete genau vier Minuten und betrat – ohne Aufforderung – nochmals den Gerichtssaal. Er sah den Pfandleiher am Richtertisch über dem Familienbild. Alles lief so, wie er es geplant hatte. Und dann plapperte Karim laut los, er hätte noch etwas vergessen, man müsse ihn nochmals hören, bitte, nur nochmals kurz, es sei ganz wichtig. Der Vorsitzende, der diese Art von Unterbrechungen nicht mochte, sagte gereizt: »Na, was denn noch?«

»Entschuldigung, ich hab einen Fehler gemacht, ein dummer Fehler, Herr Richter, ganz blöd.«

Karim hatte sofort wieder die Aufmerksamkeit des gesamten Saales. Alle erwarteten, er würde nun seine Beschuldigungen gegen Imad zurücknehmen. So etwas kam dauernd vor.

»Also der *Imad*, Herr Richter, *das* ist der Zweite auf dem Bild. Der Walid ist nicht der Zweite, der ist der Vierte. Entschuldigung, ich bin einfach durcheinander. Die ganzen Fragen und so. Tut mir leid.«

Der Vorsitzende schüttelte den Kopf, der Pfandleiher wurde rot, der Verteidiger grinste. »Der Zweite, ja?«, sagte der Richter wütend. »Der Zweite also …«

»Ja, ja, der Zweite. Wissen Sie, Herr Richter«, sagte Karim, »wir haben der Tante ja hinten drauf geschrieben, wer wer ist, damit sie das auch weiß, weil sie, also die Tante, uns gar nicht alle kennt. Sie wollte ja mal alle sehen, aber sie kann nicht nach Deutschland kommen, weil wegen der Einreise und so. Aber wir sind so viele Brüder. Herr Richter, drehen Sie das Bild doch mal um. Sehen Sie? Da stehen die ganzen Namen der Reihe nach, wie sie vorne, also auf der anderen Seite, auf dem Bild sind. Also, wann kriege ich das Bild denn wieder?«

—

Nachdem man sich aus der Lichtbilderkartei Fotos von Imad besorgt und ›in Augenschein‹ genommen hatte, musste das Gericht Walid freisprechen.

Imad wurde verhaftet. Aber er konnte, was Karim natürlich wusste, durch Ein- und Ausreisestempel nachweisen, dass er zur Tatzeit im Libanon gewesen war. Er wurde nach zwei Tagen wieder entlassen.

Die Staatsanwaltschaft ermittelte schließlich gegen Karim wegen uneidlicher Falschaussage und falscher Verdächtigung zum Nachteil von Imad. Karim erzählte mir die Geschichte, und wir entschieden, dass er zukünftig schweigen würde. Auch seine Brüder konnten als nahe Verwandte von ihrem Zeugnisverweigerungsrecht Gebrauch machen. Dem Staatsanwalt gingen die Beweismittel aus. Am Ende blieb gegen Karim nur ein starker Verdacht. Er hatte alles richtig vorausgesehen, er konnte nicht angeklagt werden. Es gab zu viele andere Möglichkeiten, zum Beispiel hätte Walid Imad das Geld geben können, oder einer der anderen Brüder war mit Imads Pass gereist – die Brüder sahen sich eben sehr ähnlich.

Natürlich schlugen sie Karim wieder auf den Hinterkopf. Sie hatten nicht verstanden, dass Karim Walid gerettet und die Justiz geschlagen hatte.

Karim schwieg. Er dachte an den Igel und die Füchse.

Glück

Ihr Kunde war seit 25 Jahren in der Politik. Er zog sich aus und erzählte dabei, wie er sich hochgedient hatte. Er hatte Plakate geklebt, in Hinterstuben kleiner Lokale Reden gehalten, seinen Wahlkreis aufgebaut, und er hatte die dritte Wahlperiode als Abgeordneter auf einem mittleren Listenplatz überstanden. Er sagte, er habe viele Freunde und leite sogar einen Untersuchungsausschuss. Natürlich war es kein bedeutender Ausschuss, aber er war der Vorsitzende. Er stand in seiner Unterwäsche vor ihr. Irina wusste nicht, was ein Untersuchungsausschuss ist.

Der dicke Mann fand das Zimmer zu eng. Er schwitzte. Heute musste er es morgens machen, um zehn Uhr war eine Sitzung. Das Mädchen hatte gesagt, dass das kein Problem sei. Das Bett sah sauber aus, und sie war hübsch. Sie war nicht älter als 20, schöne Brüste, voller Mund, mindestens 1,75 Meter groß. Wie die meisten Mädchen aus Osteuropa war sie zu stark geschminkt. Der dicke Mann mochte das. Er holte aus seiner Brieftasche siebzig Euro und setzte sich auf das Bett. Seine Sachen hatte er sorgfältig über den Stuhl gelegt, es war ihm wichtig, dass die Bügelfalte nicht litt. Das Mädchen zog ihm die Unterhose aus. Sie schob seine Bauchfettfalten hoch, er sah nur noch ihre Haare, und er wusste, dass sie lange brauchen würde. ›Das ist nun mal ihr Job‹, dachte er und lehnte sich zurück. Das Letzte, was der dicke Mann spürte, war ein Stich in seiner Brust; er wollte die Hände heben und dem Mädchen sagen, sie solle aufhören, aber er konnte nur noch grunzen.

Irina verstand das Grunzen als Zustimmung und machte noch ein paar Minuten weiter, bis sie merkte, dass der Mann stumm blieb. Sie sah nach oben. Er hatte den Kopf zur Seite gedreht, Speichel war auf das Kissen gelaufen, die Augen waren zur Decke verdreht. Sie schrie ihn an, und als er sich immer noch nicht bewegte, holte sie aus der Küche ein Glas Wasser und kippte es ihm ins Gesicht. Der Mann rührte sich nicht. Er hatte noch die Socken an. Er war tot.

—

Irina lebte seit anderthalb Jahren in Berlin. Sie wäre lieber in ihrem Land geblieben, in dem sie in den Kindergarten und zur Schule gegangen war, in dem Freunde und Familie wohnten und dessen Sprache ihr Zuhause war. Irina war dort Schneiderin gewesen, sie hatte eine hübsche Wohnung gehabt, es hatte alles dort gegeben: Möbel, Bücher, CDs, Pflanzen, Fotoalben, eine schwarz-weiße Katze, die ihr zugelaufen war. Ihr Leben hatte vor ihr gelegen, und sie hatte sich darauf gefreut. Sie entwarf Damenmode, einige Kleider hatte sie schon genäht und sogar zwei verkauft. Ihre Skizzen waren leicht und durchsichtig. Sie träumte davon, einen kleinen Laden in der Hauptstraße zu eröffnen.

Aber in ihrem Land war Krieg.

An einem Wochenende fuhr sie zu ihrem Bruder aufs Land. Er hatte den elterlichen Hof übernommen und war deshalb vom Militär freigestellt worden. Sie überredete ihn, zu dem kleinen See zu gehen, der an den Hof grenzte. Sie saßen in der Nachmittagssonne auf dem Bootssteg, Irina erzählte von ihren Plänen und zeigte ihm das Heft mit ihren neuen Entwürfen. Er freute sich und legte ihr den Arm um die Schultern.

Als sie zurückkamen, standen die Soldaten auf dem Hof. Sie erschossen ihren Bruder und vergewaltigten Irina. Sie machten es in dieser Reihenfolge. Die Soldaten waren zu viert. Einer spuckte ihr ins Gesicht, während er auf ihr lag. Er nannte sie eine Hure und schlug ihr auf die Augen. Danach wehrte sie sich nicht mehr. Als sie gingen, blieb sie auf dem Küchentisch liegen. Sie wickelte sich in die rot-weiße Tischdecke und schloss die Augen. Sie hoffte, es wäre für immer.

Am nächsten Morgen ging sie wieder zum See. Sie dachte, es sei einfach, sich selbst zu ertränken, aber es gelang ihr nicht. Als sie wieder an die Oberfläche kam, riss sie den Mund auf, ihre Lungen füllten sich mit Sauerstoff. Sie stand nackt im Wasser, es gab nur die Uferbäume, das Schilf und den Himmel. Dann schrie sie. Sie schrie, bis sie keine Kraft mehr hatte, sie schrie gegen den Tod und die Einsamkeit und den Schmerz. Sie wusste, dass sie überleben würde, aber sie wusste auch, dass dies nicht mehr ihr Land war.

Eine Woche später hatten sie ihren Bruder begraben. Es war ein einfaches Grab mit einem Holzkreuz. Der Pfarrer sagte etwas von Schuld und Vergebung, während der Bürgermeister auf den Boden starrte und die Fäuste ballte. Sie gab den Schlüssel zum Hof den nächsten Nachbarn, sie schenkte ihnen das wenige Vieh und alles, was im Haus war. Dann nahm sie den kleinen Koffer und ihre Handtasche und fuhr mit dem Bus in die Hauptstadt. Sie drehte sich nicht um. Das Skizzenbuch ließ sie zurück.

Sie erkundigte sich auf den Straßen und in den Kneipen nach Schleppern, die sie nach Deutschland bringen konnten. Der Vermittler war geschickt, er nahm ihr alles Geld ab, was sie hatte. Er wusste, dass sie Sicherheit suchte und dafür bezahlen würde – es gab viele wie Irina, sie waren ein gutes Geschäft.

Irina und die anderen fuhren in einem Kleinbus nach Westen. Nach zwei Tagen hielten sie auf einer Lichtung, stiegen aus und liefen durch die Nacht. Der Mann, der sie über Bäche und durch einen Sumpf führte, sprach wenig, und als sie nicht mehr konnten, sagte er, sie seien jetzt in Deutschland. Ein anderer Bus brachte sie nach Berlin. Er hielt irgendwo am Stadtrand, es war kalt und neblig, Irina war müde, aber sie glaubte, sie wäre jetzt in Sicherheit.

In den nächsten Monaten lernte sie andere Frauen und Männer aus ihrer Heimat kennen. Sie erklärten ihr Berlin, die Behörden und die Gesetze. Irina brauchte Geld. Legal durfte sie nicht arbeiten, sie durfte noch nicht einmal in Deutschland sein. Die Frauen halfen ihr in den ersten Wochen. Sie stand an der Kurfürstenstraße, sie lernte die Preise für Oral- und Vaginalverkehr. Ihr Körper war ihr fremd geworden, sie benutzte ihn wie ein Werkzeug, sie wollte weiterleben, auch wenn sie nicht wusste, wozu. Sie spürte sich nicht mehr.

—

Er saß jeden Tag auf dem Bürgersteig. Sie sah ihn, wenn sie zu den Männern ins Auto stieg, und sie sah ihn, wenn sie morgens nach Hause ging. Er hatte einen Plastikbecher vor sich gestellt, in den Leute manchmal Geld schmissen. Sie gewöhnte sich an seinen Anblick, er war immer da. Er lächelte ihr zu – nach ein paar Wochen lächelte sie zurück.

Als der Winter begann, brachte Irina ihm eine Decke aus einem Secondhandladen. Er freute sich. »Ich heiße Kalle«, sagte er und ließ seinen Hund auf der Decke sitzen. Er wickelte ihn ein und kraulte ihn hinter den Ohren, während er sich selbst wieder auf ein paar Zeitungen hockte. Kalle trug dünne Hosen, er fror, während er den Hund wärmte. Irina zitterten die Beine, sie ging schnell weiter. Sie setzte sich auf eine Bank um die Ecke, zog die Knie an und vergrub ihren Kopf. Sie war 19 Jahre alt, und seit einem Jahr hatte niemand sie umarmt. Sie weinte zum ersten Mal seit jenem Nachmittag in ihrer Heimat.

Als sein Hund überfahren wurde, stand sie auf der anderen Straßenseite. Sie sah Kalle in Zeitlupe über die Straße rennen, er fiel vor dem Wagen auf die Knie. Er hob den Hund auf. Der Autofahrer schrie ihm nach, aber Kalle ging mit dem Hund in den Armen in der Mitte der Straße. Er drehte sich nicht um. Irina lief ihm hinterher, sie verstand seinen Schmerz, und plötzlich wusste sie, dass sie das gleiche Schicksal hatten. Gemeinsam begruben sie den Hund im Stadtpark, Irina hielt Kalles Hand.

So hatte alles begonnen. Irgendwann beschlossen sie, es gemeinsam zu versuchen. Irina zog aus der verdreckten Pension aus, sie fanden eine Einzimmerwohnung, sie kauften eine Waschmaschine und einen Fernseher und nach und nach alles andere. Es war Kalles erste Wohnung. Er war mit sechzehn von zu Hause abgehauen, seitdem lebte er auf der Straße. Irina schnitt ihm die Haare, sie kaufte ihm Hosen, T-Shirts, Pullover und zwei Paar Schuhe. Er fand einen Job als Prospektverteiler und half abends in einer Kneipe aus.

Nun kamen die Männer zu ihnen nach Hause, Irina musste nicht mehr auf die Straße. Wenn sie morgens wieder alleine waren, holten sie ihr Bettzeug aus dem Schrank, legten sich hin und hielten sich fest. Sie lagen ineinander, nackt, still und unbeweglich, sie hörten nur auf den Atem des anderen und schlossen die Welt aus. Über die Vergangenheit sprachen sie nie.

—

Irina hatte Angst vor dem dicken toten Mann, und sie hatte Angst, in Abschiebehaft zu kommen und ausgewiesen zu werden. Sie würde zu ihrer Freundin gehen, dort würde sie auf Kalle warten. Sie nahm ihre Tasche und rannte die Stufen runter. Ihr Handy vergaß sie in der Küche.

Wie jeden Morgen war Kalle mit dem Fahrrad und einem kleinen Anhänger in das Gewerbegebiet gefahren, aber heute hatte der Mann, der die Arbeit verteilte, nichts für ihn. Kalle brauchte dreißig Minuten zurück nach Hause. Er fuhr mit dem Aufzug nach oben. Er glaubte, das Klacken der Schuhe Irinas auf der Treppe zu hören. Als er die Tür zur Wohnung aufschloss, trat sie unten aus dem Haus und ging zur Bushaltestelle.

Kalle saß auf einem der beiden Holzstühle und starrte den dicken toten Mann und sein leuchtend weißes Unterhemd an. Auf dem Boden lagen die Brötchen, die er mitgebracht hatte. Es war Sommer, im Zimmer war es warm.

Kalle versuchte, sich zu konzentrieren. Irina würde ins Gefängnis kommen, und danach müsste sie in ihr Land zurück. Vielleicht hatte der dicke Mann sie geschlagen, sie tat nichts ohne Grund. Kalle dachte an den Tag, an dem sie mit der Bahn aufs Land gefahren waren, sie hatten in der Hitze des Sommers auf einer Wiese gelegen, und Irina hatte wie ein Kind ausgesehen. Er war glücklich gewesen. Jetzt glaubte er, bezahlen zu müssen. Und Kalle dachte an seinen Hund. Manchmal ging er zu der Stelle im Park, um nachzusehen, ob sich etwas verändert hatte.

Eine halbe Stunde später wurde Kalle klar, dass es keine gute Idee gewesen war. Er war nackt bis auf seine Unterhose. Sein Schweiß mischte sich mit dem Blut in der Badewanne. Er hatte dem Mann eine Plastiktüte über den Kopf gestülpt, er wollte ihn dabei nicht ansehen. Zuerst hatte er es falsch gemacht und versucht, den Knochen zu durchtrennen. Dann fiel ihm ein, wie man ein Hühnchen zerteilt, und er drehte dem dicken Mann den Arm aus der Schulter. Es ging nun besser, nur die Muskeln und Fasern musste er zerschneiden. Irgendwann lag der Arm auf den gelben Fußbodenkacheln, die Uhr war noch am Handgelenk. Kalle drehte sich zur Toilettenschüssel, erbrach sich wieder. Er ließ Wasser ins Waschbecken laufen, tauchte ein und spülte den Mund aus. Das Wasser war kalt, es schmerzte an den Zähnen. Er starrte in den Spiegel und wusste nicht, ob er davor oder dahinter stand. Der Mann vor ihm musste sich bewegen, damit er sich bewegen konnte. Das Wasser lief über den Rand des Waschbeckens und klatschte auf seine Füße, Kalle kam zu sich. Er kniete wieder auf den Boden und nahm die Säge.

Drei Stunden später hatte er die Gliedmaßen abgetrennt. In einem Lebensmittelladen kaufte er schwarze Müllbeutel. Die Kassiererin sah ihn komisch an. Kalle versuchte, nicht daran zu denken, wie er das mit dem Kopf machen würde – es gelang ihm nicht. »Wenn er auf dem Hals bleibt, bekomme ich den Mann nicht in den Anhänger«, dachte er. »Ich kann es einfach nicht.« Er verließ das Geschäft, auf dem Trottoir unterhielten sich zwei Hausfrauen, die S-Bahn fuhr vorbei, ein Junge kickte einen Apfel über die Straße. Kalle wurde wütend. »Ich bin doch kein Mörder«, sagte er laut, als er an einem Kinderwagen vorbeiging. Die Mutter drehte sich nach ihm um.

Er riss sich zusammen. Eine der Griffschalen des Fuchsschwanzes hatte sich gelöst, Kalle schnitt sich in die Finger. Er heulte wie ein Kind, unter seinen Nasenlöchern bildeten sich Blasen, er sägte mit geschlossenen Augen. Er heulte und sägte und heulte und sägte. Er hielt den Kopf des dicken Mannes unter seinem Arm eingeklemmt, die Plastiktüte war glitschig geworden und entglitt ihm immer wieder. Als er den Kopf endlich vom Rumpf getrennt hatte, war er verwundert, wie schwer er war. Wie ein Sack Grillkohle, dachte er, und er wunderte sich, weshalb ihm Grillkohle einfiel. Kalle hatte noch nie gegrillt.

Er schleifte den größten Beutel in den Fahrstuhl und blockierte damit die automatische Tür. Dann holte er den Rest. Die Mülltüten hielten, für den Torso hatte er sie doppelt genommen. Er fuhr den Anhänger des Fahrrades in den Hausflur, niemand beobachtete ihn. Es waren vier schwarze Müllbeutel. Nur die Arme hatte Kalle in einen Rucksack stecken müssen, der Anhänger war voll, sie wären herausgefallen.

Kalle hatte ein frisches Hemd angezogen. Er brauchte 20 Minuten bis zum Stadtgarten. Er dachte an den Kopf, an die dünnen Haare und an die Arme. Er spürte die Finger des dicken Mannes in seinem Rücken. Sie waren nass. Er stürzte vom Fahrrad und riss den Rucksack runter. Dann ließ er sich auf den Rasen fallen. Er wartete darauf, dass die Leute zu ihm laufen und schreien würden, aber das passierte nicht. Es passierte gar nichts.

Kalle lag da und sah in den Himmel und wartete.

Er vergrub den ganzen dicken Mann im Stadtgarten. Der Stiel des Spatens brach, er kniete und hielt das Blatt mit den Händen. Er stopfte alles in das Loch, nur ein paar Meter entfernt von dem toten Hund. Es war nicht tief genug, er trat die Mülltüten zusammen. Das frische Hemd war verdreckt, seine Finger schwarz und blutig, seine Haut juckte. Die Reste des Spatens warf er in einen Mülleimer. Dann saß er fast eine Stunde auf einer Parkbank. Er sah den Studenten zu, die Frisbee spielten.

—

Als Irina von ihrer Freundin zurückkam, war das Bett leer. Über dem Stuhl hingen noch immer das Jackett und die gefaltete Hose des dicken Mannes. Sie sah ins Bad und schlug sich auf den Mund, um nicht zu schreien. Sie verstand sofort: Kalle hatte versucht, sie zu retten. Die Polizei würde ihn finden. Sie würden glauben, er habe den dicken Mann getötet. Die Deutschen klären jeden Mord auf, das zeigen sie dauernd im Fernsehen, dachte sie. Kalle würde ins Gefängnis kommen. Im Jackett des dicken Mannes klingelte ununterbrochen ein Handy. Sie musste handeln.

Sie ging in die Küche und rief die Polizei. Die Beamten verstanden kaum, was sie sagte. Als sie kamen, sahen sie ins Badezimmer und nahmen sie fest. Sie fragten nach der Leiche, Irina wusste keine Antwort. Sie sagte immer wieder, dass der dicke Mann ›normal‹ gestorben sei, es sei ein ›Totherz‹ gewesen. Die Beamten glaubten ihr natürlich nicht. Als sie in Handschellen aus dem Haus gebracht wurde, fuhr Kalle vorbei. Sie sah ihn an und schüttelte den Kopf. Kalle verstand nicht, er sprang vom Fahrrad und rannte zu ihr. Er stolperte. Die Polizisten nahmen auch ihn fest. Später sagte er, das sei in Ordnung gewesen, er hätte sowieso nicht gewusst, was er ohne Irina hätte tun sollen.

—

Kalle schwieg. Er hatte schweigen gelernt, und das Gefängnis erschreckte ihn nicht. Er war schon oft dort gewesen, Einbrüche und Diebstähle. Er hatte im Gefängnis meinen Namen gehört und bat mich, seine Verteidigung zu übernehmen. Er wollte wissen, was mit Irina passiert, er selbst war sich gleichgültig. Er sagte, er habe kein Geld, ich solle mich um seine Freundin kümmern.

Wenn Kalle aussagen würde, wäre er gerettet, aber er war schwer zu überzeugen. Er fragte immer nur, ob das Irina nicht schaden könne. Er hielt meine Unterarme umklammert, er zitterte, er sagte, er wolle keine Fehler machen. Ich beruhigte ihn und versprach, für Irina einen Anwalt zu finden. Schließlich stimmte er zu.

Er führte die Beamten zu dem Loch im Stadtgarten und stand dabei, als sie den dicken Mann ausgruben und die Körperteile sortierten. Er zeigte den Polizisten auch die Stelle, an der er seinen Hund vergraben hatte. Es war ein Missverständnis, sie gruben auch das Hundeskelett aus und sahen ihn fragend an.

Die Gerichtsmediziner stellten fest, dass alle Wunden erst nach dem Tod zugefügt worden waren. Das Herz des dicken Mannes wurde untersucht: Er war an einem Infarkt gestorben, es gab keine Zweifel. Der Tötungsverdacht hatte sich aufgelöst.

Am Ende beschränkten sich die Vorwürfe nur noch auf das Zerstückeln. Der Staatsanwalt dachte an eine Anklage wegen Störung der Totenruhe. Das Gesetz spricht davon, dass es verboten ist, ›Unfug‹ mit der Leiche zu treiben. Es sei großer Unfug, eine Leiche zu zersägen und zu vergraben, sagte der Staatsanwalt.

Der Staatsanwalt hatte recht. Aber darum ging es nicht. Es kommt nur darauf an, was ein Beschuldigter will. Kalles Ziel war es, Irina zu retten, nicht die Leiche zu schänden. »Unfug aus Liebe«, sagte ich. Ich legte eine Entscheidung des Bundesgerichtshofes vor, die Kalle recht gab. Der Staatsanwalt zog die Augenbrauen hoch, aber er schloss die Akte.

Die Haftbefehle wurden aufgehoben, und beide wurden entlassen. Irina stellte mithilfe einer Anwältin einen Antrag auf Asyl und durfte vorerst in Berlin bleiben. Sie kam nicht in Abschiebehaft.

—

Sie saßen nebeneinander auf dem Bett. Das Scharnier einer der Schranktüren war bei der Durchsuchung herausgebrochen, sie hing schief in den Angeln. Sonst hatte sich nichts verändert. Irina hielt Kalles Hand, sie sahen aus dem Fenster.

»Jetzt müssen wir etwas anderes machen«, sagte Kalle. Irina nickte und dachte, was für ein Glück sie doch hatten.

Summertime

Consuela dachte an den Geburtstag ihres Enkels, sie würde heute die Spielkonsole kaufen müssen. Seit sieben Uhr hatte sie Dienst. Die Arbeit als Zimmermädchen war anstrengend, aber es war ein sicherer Job, besser als die meisten, die sie bisher gehabt hatte. Das Hotel bezahlte etwas über Tarif, es war die erste Adresse der Stadt.

Sie hatte nur noch die Nummer 239 zu reinigen. Die Uhrzeit trug sie in die Arbeitsliste ein. Sie wurde pro Zimmer bezahlt, aber die Direktion des Hotels hatte verlangt, dass diese Liste geführt wurde. Und Consuela machte alles, was die Direktion wollte. Sie durfte den Job nicht verlieren. Sie schrieb auf den Zettel: 15:26 Uhr.

Consuela drückte auf den Klingelknopf. Als niemand öffnete, klopfte sie und wartete erneut. Dann entriegelte sie das elektrische Schloss und schob die Tür eine Handbreit auf. Wie sie es gelernt hatte, sagte sie laut: »Reinigung.« Als sie keine Antwort erhielt, betrat sie den Raum.

Die Suite war 35 Quadratmeter groß und in warmen Brauntönen gehalten. Die Wände waren mit beigem Stoff bespannt, auf dem Parkettfußboden lag ein heller Teppich. Das Bett war zerwühlt, auf dem Nachttisch stand eine geöffnete Wasserflasche. Zwischen den beiden orangefarbenen Chaiselongues lag eine nackte junge Frau, Consuela sah ihre Brüste, der Kopf war verdeckt. Am Rand des hellen Teppichs war Blut in die Wollfasern eingesickert und hatte dort ein rot gezacktes Muster hinterlassen. Consuela hielt den Atem an, ihr Herz raste, sie ging vorsichtig zwei Schritte vorwärts. Sie musste das Gesicht der Frau sehen. Und dann schrie sie. Vor ihr lag eine matschig-blutige Masse aus Knochen, Haaren und Augen, ein Teil der weißlichen Gehirnsubstanz war aus dem aufgeplatzten Kopf auf das dunkle Parkett gespritzt, und die schwere Eisenlampe, die Consuela jeden Tag abgestaubt hatte, ragte blutverschmiert aus dem Gesicht empor.

—

Abbas war erleichtert. Er hatte jetzt alles gebeichtet. Stefanie saß neben ihm in ihrer kleinen Wohnung und weinte.

Er war in Shatila, einem Palästinenserlager in Beirut, aufgewachsen. Seine Spielplätze lagen zwischen Baracken mit Wellblechtoren, fünfstöckigen Häusern mit Einschusslöchern und uralten Autos aus Europa. Die Kinder trugen Trainingsanzüge und T-Shirts mit westlicher Aufschrift, fünfjährige Mädchen hatten trotz der Hitze Kopftücher auf, und es gab warmes Brot, eingepackt in dünnes Papier. Abbas war vier Jahre nach dem großen Massaker geboren. Damals hatte die christlich-libanesische Miliz Hunderte Menschen verstümmelt und getötet, Frauen waren vergewaltigt und selbst Kinder erschossen worden. Die Opfer konnte später niemand zählen, die Angst verschwand nicht mehr. Manchmal legte sich Abbas auf den Lehmboden in seiner Straße. Er versuchte, die unentwirrbaren Strom- und Telefonkabel zu zählen, die zwischen den Häusern gespannt waren und den Himmel zerschnitten.

Seine Eltern hatten den Schleppern viel Geld bezahlt, er sollte in Deutschland eine Zukunft haben. Damals war er 17. Natürlich erhielt er kein Asyl, und die Behörden gaben ihm keine Arbeitserlaubnis. Er lebte von staatlicher Unterstützung, alles andere verboten sie ihm. Abbas konnte nicht ins Kino gehen, nicht zu McDonald's, er besaß weder eine Playstation noch ein Handy. Die Sprache lernte er auf der Straße. Er war hübsch, aber er hatte keine Freundin, er hätte sie noch nicht einmal zu einem Essen einladen können. Abbas hatte nur sich selbst. Er saß herum, zwölf Monate warf er mit Steinen nach Tauben, sah im Asylantenheim Fernsehen und trödelte vor Schaufenstern auf dem Ku'damm. Er langweilte sich zu Tode.

Irgendwann begann er mit kleinen Einbrüchen. Er wurde erwischt, und nach der dritten Ermahnung durch den Jugendrichter verbüßte er seinen ersten Dauerarrest. Es war eine tolle Zeit. Im Gefängnis fand er viele neue Freunde, und als er entlassen wurde, war ihm einiges klar geworden. Sie hatten ihm gesagt, dass es für Leute wie ihn – und viele dort waren wie er – nur den Drogenhandel gebe.

Es war ganz leicht. Ein größerer Dealer, der nicht mehr selbst auf die Straße ging, stellte ihn ein. Abbas' Platz war ein

S-Bahnhof, er teilte ihn sich mit zwei anderen. Zuerst war er nur der »Bunker«, ein menschlicher Tresor für das Rauschgift. Er hatte die abgepackten Portionen im Mund. Der andere führte die Verkaufsgespräche, der Dritte nahm das Geld. Sie nannten es Arbeit.

Die Junkies verlangten »Braunes« oder »Weißes«, sie zahlten mit 10- und 20-Euro-Scheinen, die sie gestohlen, erbettelt oder mit Prostitution verdient hatten. Der Handel ging schnell. Manchmal boten die Frauen den Händlern ihre Körper an. Wenn eine noch hübsch war, nahm Abbas sie mit. Anfangs interessierte es ihn, weil die Mädchen alles machten, was er verlangte. Aber dann störte ihn die Gier in ihren Augen, sie wollten nicht ihn, sondern die Drogen in seiner Jacke.

Wenn die Polizisten kamen, musste er rennen. Er lernte schnell, woran sie zu erkennen waren, sie trugen auch in Zivil eine Uniform: Turnschuhe, Bauchtaschen und Jacken bis zur Hüfte. Alle schienen den gleichen Friseur zu haben. Und während Abbas rannte, schluckte er. Wenn er es schaffte, die Cellophanbeutel runterzuwürgen, bevor sie ihn hatten, wurde der Nachweis schwer. Manchmal verabreichten sie Brechmittel. Dann saßen sie neben ihm und warteten, bis er die Beutel durch ein Sieb erbrach. Ab und zu starb einer seiner neuen Freunde, die Magensäure löste das Cellophan zu früh auf.

Das Geschäft war gefährlich, schnell und einträglich. Abbas hatte nun Geld, und er schickte regelmäßig größere Beträge nach Hause. Er langweilte sich nicht mehr. Das Mädchen, das er jetzt liebte, hieß Stefanie. Er hatte sie in einer Diskothek lange beim Tanzen beobachtet. Und als sie sich zu ihm umgedreht hatte, war er, der große Drogenhändler, der Herr über die Straße, rot geworden.

Natürlich wusste sie nichts von seinen Drogengeschäften. Abbas hinterließ ihr morgens Liebesbriefe auf dem Kühlschrank. Er sagte seinen Freunden, wenn sie trinke, könne er sehen, wie das Wasser durch ihre Kehle laufe. Sie wurde seine Heimat, er hatte sonst nichts. Er vermisste seine Mutter, seine Geschwister und die Sterne über Beirut. Er dachte an seinen Vater, wie der ihn geohrfeigt hatte, nur weil er einen Apfel am Obststand gestohlen hatte. Er war damals sieben Jahre alt gewesen. »In unserer Familie gibt es keine Verbrecher«, hatte der Vater gesagt. Er war mit ihm zum Obstverkäufer gegangen und hatte den Apfel bezahlt. Abbas wäre gerne Automechaniker geworden. Oder Maler. Oder Tischler. Oder sonst irgendetwas. Aber er wurde Drogenhändler. Und jetzt war er nicht einmal mehr das:

Vor einem Jahr war Abbas das erste Mal in der Spielhalle. Am Anfang war er nur mit seinen Freunden dort, sie gaben an, sie taten so, als wären sie James Bond, und alberten mit der hübschen Bedienung rum. Aber dann ging er alleine in die Halle, obwohl ihn alle gewarnt hatten. Die Automaten zogen ihn an. Irgendwann hatte er angefangen, mit ihnen zu reden, jeder von ihnen hatte einen eigenen Charakter, wie Götter bestimmten sie sein Schicksal. Er wusste, dass er spielsüchtig war. Seit vier Monaten verlor er jeden Tag. Noch im Schlaf hörte er die Melodie des Automaten, die den Gewinn ankündigte. Er konnte nicht anders, er musste spielen.

Seine Freunde nahmen ihn nicht mehr mit zum Drogenhandel, er war für sie nur noch ein Süchtiger, nicht anders als ihre Kunden, die Junkies. Er würde ihnen Geld stehlen, sie kannten seine Zukunft, und Abbas wusste, dass sie recht hatten. Aber das war noch nicht einmal das Schlimmste.

Das Schlimmste war Danninger. Abbas hatte sich von ihm Geld geliehen, fünftausend Euro, er musste siebentausend zurückzahlen. Danninger war ein freundlicher Mann, er hatte gesagt, dass jeder mal ein Problem haben könne. Abbas hatte auch keine Angst gehabt, er würde das Geld sicher wieder einspielen, der Automat könnte ihn nicht immer verlieren lassen. Er hatte sich getäuscht. Am Tag der Rückzahlung war Danninger gekommen und hatte ihm die Hand gereicht. Und dann war alles ganz schnell gegangen. Danninger hatte eine Kneifzange aus seiner Tasche gezogen, Abbas sah die Griffe, sie waren mit gelbem Plastik überzogen und leuchteten in der Sonne. Dann lag Abbas kleiner Finger der rechten Hand auf dem Bordstein. Während er vor Schmerzen geschrien hatte, hatte Danninger ihm ein Taschentuch gegeben und den kürzesten Weg zum Krankenhaus beschrieben. Danniger war immer noch freundlich, er hatte aber auch gesagt, dass sich die Schuld nun erhöht habe. Wenn Abbas nicht in drei Monaten zehntausend zurückzahle, müsse er ihm den Daumen abschneiden, dann die Hand, und so ginge es immer weiter, bis zum Kopf. Ihm tue das wirklich leid, er möge Abbas, er sei ein netter Kerl, aber es gebe Regeln, und niemand könne die Regeln ändern. Abbas zweifelte keinen Augenblick daran, dass Danninger es ernst gemeint hatte.

Stefanie weinte mehr über den Finger als über das verlorene Geld. Sie wussten nicht weiter. Aber wenigstens waren sie jetzt zu zweit. Und sie würden eine Lösung finden. In den vergangenen zwei Jahren hatten sie für alles eine Lösung gefunden. Stefanie sagte, dass Abbas sofort eine Therapie beginnen müsse. Aber das löste nicht das finanzielle Problem. Stefanie wollte wieder als Kellnerin arbeiten. Mit Trinkgeld wären das 1800 Euro pro Monat. Abbas passte es nicht, dass sie in dem Biergarten arbeiten würde, er war eifersüchtig auf die Gäste. Aber es würde eben nicht anders gehen. Zurück zum Drogenhandel konnte er nicht, sie würden ihn dort nur schlagen und wegschicken.

Einen Monat später war klar, dass sie das Geld so nicht zusammenbekommen würden. Stefanie war verzweifelt. Sie musste eine Lösung finden, sie hatte Angst um Abbas. Sie wusste nichts über Danninger, aber sie hatte zwei Wochen lang Abbas' Hand jeden Tag neu verbunden.

Stefanie liebte Abbas. Er war anders als die Jungs, die sie bis dahin gekannt hatte, ernster und fremder. Abbas tat ihr gut, auch wenn ihre Freundinnen dumme Bemerkungen machten. Jetzt würde sie etwas für ihn tun, sie würde ihn retten. Sie fand den Gedanken sogar ein klein wenig romantisch.

Stefanie hatte nichts, was sie verkaufen konnte. Aber sie wusste, wie hübsch sie war. Und wie alle ihre Freundinnen hatte sie oft in der Stadtzeitung die Kontaktanzeigen gelesen und darüber gelacht. Sie würde sich jetzt auf eine der Anzeigen melden, für Abbas, für ihre Liebe.

Bei dem ersten Treffen mit dem Mann in dem Luxushotel war sie so aufgeregt, dass sie zitterte. Sie war abweisend zu ihm, aber der Mann war freundlich und gar nicht so, wie sie sich das vorgestellt hatte. Er sah sogar gut aus und war gepflegt. Es hatte sie zwar geekelt, wie er sie angefasst hatte und wie sie ihn befriedigen musste, aber irgendwie hatte sie es geschafft. Er war nicht anders als die Männer, die sie vor Abbas gekannt hatte, er war nur älter. Sie hatte danach 30 Minuten geduscht und sich so lange die Zähne geputzt, bis ihr Zahnfleisch blutete. Jetzt waren 500 Euro in ihrem Versteck in der Kaffeedose.

Sie lag in ihrer Wohnung auf dem Sofa und hatte sich in ihren Bademantel eingepackt. Sie müsste das nur ein paarmal machen, dann hätte sie das Geld zusammen. Sie dachte an den Mann aus dem Hotel, er lebte in einer anderen Welt. Der Mann wollte sie ein- oder zweimal pro Woche treffen und ihr jeweils 500 Euro bezahlen. Sie würde das durchhalten. Und sie war sich sicher, dass sie keinen Schaden nehmen würde. Nur Abbas dürfte nichts davon erfahren. Sie würde ihn überraschen und ihm das Geld geben. Sie würde ihm erzählen, dass sie es von ihrer Tante bekommen hätte.

—

Percy Boheim war müde. Er sah aus dem Fenster des Hotels. Es war Herbst geworden, der Wind riss das Laub von den Bäumen, die leuchtenden Tage waren vorüber, und Berlin würde bald wieder für gut fünf Monate im Wintergrau versinken. Die Studentin war gegangen, sie war ein nettes Mädchen, etwas schüchtern, aber das waren sie alle am Anfang. Es war eine klare Sache, ein Geschäft. Er bezahlte und bekam dafür den Sex, den er brauchte. Keine Liebe, keine nächt-

Kalle (Vinzenz Kiefer) und Irina (Alba Rohrwacher) in
Doris Dörries Kinofilm »Glück«.

Kein leichtes Leben: Irina auf dem Straßenstrich in Berlin.

Geteiltes Zuhause: Irina wartet im Schlafzimmer auf ihren Freier.

Sich die Alltagsprobleme einfach mal weglachen.

»Wir wollen im Grunde genommen immer nur zwei Dinge: Schmerzen vermeiden …«

»… und glücklich sein.« (Strafverteidiger Noah von Leyden in »Glück«)

Hauptdarsteller Vinzenz Kiefer startete seine Karriere im deutschen Fernsehen. Mittlerweile ist er ein international anerkannter Schauspieler, sowohl vor der Kamera als auch auf der Theaterbühne.

Hauptdarstellerin Alba Rohrwacher ist gebürtige Italienierin und studierte Medizin, bevor sie zur Schauspielerei kam. 2009 wurde sie auf der Berlinale mit dem Europäischen Shootingstar ausgezeichnet.

Auf der Suche nach ihrem Glück: Alba Rohrwacher und Vinzenz Kiefer als Irina und Kalle.

»Der Wuppdich. Wenn du ganz oben bist und so ’nen Moment alles anhält ... und alles gut ist.« »*Du bist mein Wuppdich.*«

»Ich wünsche mir, dass es so bleibt – für immer.« (Irina zu Kalle in »Glück«)

Die Staatsanwältin (Maren Kroymann) und Noah Leyden (Matthias Brandt) in »Glück«

Eine ganz normale Familie: Noah Leyden mit Ehefrau und Kindern.

Ein ungewöhnliches Paar: Die Prostituierte Irina und der Punk Kalle in »Glück« .

»Dieser Moment, der unser Leben für immer verändert.« (Noah Leyden in »Glück«)

»Kannst du festhalten meine Hand beim Schlafen? Damit ich dich nicht vergesse im Traum.« (Irina zu Kalle in »Glück«)

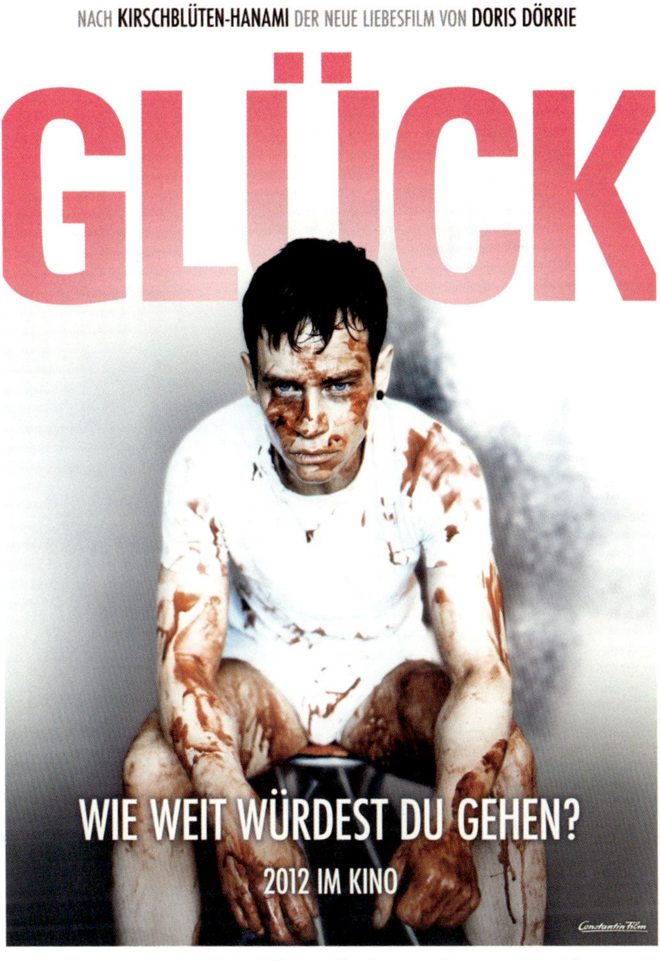

Doris Dörries neuer Liebesfilm »Glück«, produziert von Oliver Berben bei Constantin Film.

»Glück ist immer der Augenblick ›jetzt‹. Also der Moment, der jetzt passiert und den man mit allen seinen Sinnen versuchen sollte wahrzunehmen.« Doris Dörrie

ABBILDUNGSNACHWEIS

Tafel 1, 3-16: Constantin Film/Mathias Bothor/Photoselection
Tafel 2: Constantin Film/Hanno Lentz

Der Piper Verlag dankt Constantin Film sehr herzlich für die freundliche Zusammenarbeit und das Bereitstellen der Bilder.

lichen Anrufe, kein anderer Quatsch. Wenn sie zu nah käme, würde er es beenden.

Boheim mochte keine Prostituierten, er hatte es vor Jahren einmal versucht, es stieß ihn ab. Er dachte an Melanie, seine Frau. Sie war der Öffentlichkeit als Dressurreiterin bekannt, und wie viele Reiterinnen lebte sie ausschließlich für ihre Pferde. Melanie war kalt, sie hatten sich schon lange nichts mehr zu sagen, aber sie waren höflich zueinander und hatten sich arrangiert. Sie sahen sich nicht oft. Er wusste, dass sie seine Studentinnen nicht dulden könnte. Und eine Scheidung konnte er im Moment nicht brauchen, schon wegen ihres Sohnes Benedikt. Er würde noch ein paar Jahre warten müssen, bis der Junge erwachsen war. Benedikt liebte seine Mutter.

Percy Boheim gehörte zu den führenden Industriellen des Landes; er hatte die Aktienmehrheit an einem Autozulieferer von seinem Vater geerbt, saß in zahlreichen Aufsichtsräten und war wirtschaftlicher Berater der Regierung.

Er dachte an die bevorstehende Übernahme einer Schraubenfabrik im Elsass. Seine Wirtschaftsprüfer hatten davon abgeraten, aber sie verstanden nie etwas. Er hatte schon lange das Gefühl, dass Anwälte und Wirtschaftsprüfer immer nur Probleme schufen, aber nie lösten. Vielleicht sollte er einfach alles verkaufen und fischen gehen. »Eines Tages«, dachte Boheim, »eines Tages, wenn Benedikt alt genug ist.« Dann schlief er ein.

—

Abbas war unruhig, Stefanie stellte in letzter Zeit seltsame Fragen. Ob er manchmal auch an andere denke, ob sie ihm noch gefalle, ob er sie noch liebe. Sie hatte so etwas früher nie gefragt. Bisher war sie beim Sex etwas unsicher, aber in der Beziehung überlegen gewesen, jetzt schien sich das umzukehren. Sie schmiegte sich, wenn sie miteinander geschlafen hatten, lange an ihn, und selbst im Schlaf hielt sie ihn fest. Auch das war neu.

Als sie eingeschlafen war, stand er auf und durchsuchte ihr Handy. Er hatte es schon oft kontrolliert. Jetzt gab es einen neuen Eintrag: »PB«. Er ging im Kopf alle Bekannten durch, ihm fiel niemand mit diesen Initialen ein. Dann las er die gespeicherten Kurznachrichten. »Mittwoch 12:00 Uhr Parkhotel. Wie immer Zimmer 239«. Die SMS war von »PB«. Abbas ging in die Küche und setzte sich auf einen der Holzstühle. Er konnte vor Wut kaum atmen. »Wie immer«, es war also nicht das erste Mal. Wie konnte sie das nur tun. Jetzt, in der größten Krise seines Lebens. Er liebte sie doch, sie war alles für ihn, er hatte gedacht, dass sie das gemeinsam durchstehen würden. Abbas konnte es nicht fassen.

Am nächsten Mittwoch um 12:00 Uhr stand er vor dem Parkhotel. Es war das beste Hotel der Stadt. Und das war sein Problem. Der Concierge am Eingang hatte ihn nicht durchgelassen. Abbas nahm es ihm nicht übel, er sah nicht gerade wie ein Hotelgast aus. Er kannte die Vorbehalte gegen sein arabisches Aussehen. Also setzte er sich auf eine Bank und wartete. Er wartete über zwei Stunden. Endlich kam Stefanie aus dem Hotel. Er ging ihr entgegen und beobachtete ihre Reaktion. Stefanie erschrak und wurde rot.

»Was tust du denn hier?«, fragte sie.

»Ich habe auf dich gewartet.«

»Woher hast du gewusst, dass ich hier bin?« Sie fragte sich, was er noch alles wusste.

»Ich bin dir gefolgt.«

»Du bist mir gefolgt? Spinnst du? Warum hast du das gemacht?«

»Du hast einen anderen, ich weiß es.« Abbas hatte Tränen in den Augen, er packte sie am Arm.

»Mach dich nicht lächerlich.« Sie riss sich los und lief über den Platz. Sie dachte, sie wäre in einem Film.

Er lief zwei Schritte hinter ihr her und hielt sie erneut fest. »Stefanie, was hast du in dem Hotel gemacht?«

Sie musste sich sammeln, denk klar, sagte sie sich. »Ich habe mich beworben, die bezahlen mehr als im Biergarten.« Etwas Besseres fiel ihr nicht ein.

Abbas glaubte ihr natürlich nicht. Sie stritten sich laut auf dem Platz. Es war ihr peinlich, Abbas schrie, sie zog ihn weg. Irgendwann wurde er stiller. Sie fuhren in ihre Wohnung. Abbas saß am Küchentisch, trank Tee und schwieg.

—

Boheim traf Stefanie jetzt schon seit zwei Monaten. Sie hatte ihre Schüchternheit abgelegt. Sie verstanden sich gut, vielleicht etwas zu gut. Stefanie hatte ihm erzählt, dass ihr Freund sie vor zwei Wochen verfolgt habe. Boheim war beunruhigt, er wusste, dass er die Sache beenden musste. Das war das Dumme an solchen Beziehungen. Ein eifersüchtiger Freund bedeutete Schwierigkeiten.

Er kam heute zu spät, die Besprechung hatte lange gedauert. Er schaltete das Telefon des Wagens ein und wählte ihre Nummer. Es war schön, ihre Stimme zu hören. Er sagte, er sei gleich da. Sie freute sich und behauptete, sie sei schon nackt.

Als er in die Hotelgarage fuhr, legte er auf. Er würde ihr sagen, dass es zu Ende sei. Am besten gleich heute. Boheim war keiner, der lange zögerte.

—

Die Akte lag aufgeschlagen auf dem Schreibtisch. Es waren bisher nur zwei Bände in dem üblichen roten Kartonpapier für Strafakten, aber sie würde weiter wachsen. Die Akte gefiel Oberstaatsanwalt Schmied nicht. Er schloss die Augen und lehnte sich zurück. »Nur noch acht Monate bis zur Pensionierung«, dachte er. Schmied war seit zwölf Jahren Leiter der Abteilung für Kapitalverbrechen bei der Staatsanwaltschaft Berlin. Und jetzt hatte er genug. Sein Vater stammte aus Breslau, Schmied fühlte sich durch und durch als Preuße. Er hasste die Verbrecher nicht, die er verfolgte, es war einfach seine Aufgabe. Er wollte keinen großen Fall mehr, lieber ein paar einfache Morde, Dramen, die in der Familie spielten, Fälle, die schnell aufzuklären waren. Aber bitte keine Berichtssache mehr, bei der er alles zum Generalstaatsanwalt weitertragen müsste.

Vor Schmied lag der Antrag auf Haftbefehl gegen Boheim. Er hatte ihn immer noch nicht unterschrieben. »Danach geht der ganze Unsinn mit der Presse los«, dachte er. Schon jetzt waren die Boulevardblätter voll mit der nackten Studentin im Nobelhotel. Er konnte sich ungefähr vorstellen, was passieren würde, wenn Percy Boheim, Vorstandsvorsitzender und Hauptanteilseigner der Boheim-Werke, verhaftet würde. Die Hölle würde losbrechen und der Pressesprecher der Staatsanwaltschaft jeden Tag neue Order erhalten, was er zu sagen hätte.

Schmied seufzte und nahm sich den Vermerk nochmals vor, den der neue Kollege geschrieben hatte. Der Neue war ein guter Mann, noch etwas leidenschaftlich, aber das würde sich mit den Jahren geben.

Der Vermerk fasste die Akte ordentlich zusammen:

Stefanie Becker war um 15:26 Uhr tot aufgefunden worden. Ihr Kopf war mit großer Gewalt und einer Vielzahl von Schlägen zertrümmert worden. Tatwaffe war ein gusseiserner Lampenständer, der zur Standardausstattung des Zimmers gehörte. »Stumpfe Gewalteinwirkung«, wie es in der Sprache der Gerichtsmedizin hieß.

Percy Boheim war der letzte Anrufer auf dem Funktelefon des Opfers gewesen. Einen Tag nach der Tat hatten ihn zwei Beamte der Mordkommission in seinem Berliner Büro aufgesucht. »Nur ein paar Routinefragen«, hatten sie gesagt. Boheim hatte einen Firmenanwalt gebeten, bei dem Gespräch dabei zu sein. In dem Polizeibericht stand, er habe sonst keine Reaktion gezeigt. Sie hatten ihm ein Foto der Toten vorgelegt, er hatte abgestritten, das Mädchen zu kennen.

Den Anruf hatte er damit erklärt, dass er sich verwählt habe, den Standort seines Telefons damit, dass er an dem Hotel vorbeigefahren sei. Die Polizisten hatten seine Aussage direkt in seinem Büro aufgeschrieben. Er hatte sie durchgelesen und unterzeichnet.

Zu diesem Zeitpunkt war bereits klar, dass das Gespräch fast eine Minute gedauert hatte, viel zu lange für eine falsche Verbindung. Die Polizisten hatten Boheim das jedoch nicht vorgehalten. Noch nicht. Was sie auch nicht offenbart hatten, war, dass seine Nummer im Telefonregister der Toten gespeichert war. Boheim hatte sich verdächtig gemacht.

Einen Tag später war die Auswertung der Spurensicherung eingegangen, es gab Spermaspuren in den Haaren und auf der Brust der Toten. Die DNA hatte sich nicht in der Datenbank finden lassen. Boheim war gebeten worden, freiwillig eine Speichelprobe abzugeben. Seine DNA war eilig ausgewertet worden – sie stimmte mit dem Sperma überein.

Das war im Wesentlichen der Bericht.

Der gelbe Band mit den Obduktionsfotos war Schmied wie immer unangenehm. Er sah ihn nur kurz durch, Bilder, überscharf auf blauem Hintergrund, die man nur ertragen konnte, wenn man sich zwang, sie lange anzusehen.

Schmied dachte an die vielen Stunden, die er in der Gerichtsmedizin zugebracht hatte. Es ging dort leise zu, nur die Geräusche der Skalpelle und Sägen, die Ärzte sprachen konzentriert in Diktiergeräte, sie behandelten die Toten mit Respekt. Witze am Obduktionstisch waren etwas für Kriminalromane. Nur an den Geruch, diesen typischen Verwesungsgeruch, würde er sich nie gewöhnen – den meisten Medizinern ging es nicht anders. Man konnte sich auch nicht Menthol unter die Nase schmieren, manche Spuren erschlossen sich nur durch den Geruch der Toten. Als junger Staatsanwalt hatte sich Schmied geekelt, wenn das Blut mit Schöpfkellen aus den Körpern genommen und gewogen wurde oder wenn nach der Leichenschau die Organe wieder in die Körper zurückgelegt wurden. Später hatte er verstanden, dass es eine eigene Kunst war, wie fest man nach einer Obduktion eine Leiche wieder zunähen muss, damit sie nicht ausläuft, und er hatte begriffen, dass Gerichtsmediziner sich ernsthaft darüber unterhielten. Es war eine Parallelwelt, wie auch seine es war. Schmied war mit dem Leiter der Gerichtsmedizin befreundet; sie hatten fast das gleiche Alter, und sie redeten privat nie über ihre Berufe.

Oberstaatsanwalt Schmied seufzte ein zweites Mal. Dann unterzeichnete er den Haftbefehlsantrag und brachte ihn zum Ermittlungsrichter.

Nur zwei Stunden später fertigte der Richter den Haftbefehl aus, sechs Stunden später wurde Boheim in seiner Wohnung verhaftet. Zeitgleich wurden die verschiedenen Wohnungen, Büros und Häuser der Boheims in Düsseldorf, München, Berlin und auf Sylt durchsucht. Die Polizei hatte alles gut organisiert.

Drei Anwälte erschienen zur Verkündung des Haftbefehls. Sie wirkten wie Fremdköper in dem kleinen Zimmer des Ermittlungsrichters. Es waren Zivilrechtsanwälte, hoch bezahlte Spezialisten für Firmenübernahmen und internationale Schiedsverfahren. Seit Jahren war keiner von ihnen mehr vor einem Gericht aufgetreten, das letzte Mal hatten sie sich in ihrer Ausbildung mit Strafrecht beschäftigt. Sie wussten nicht, welche Anträge sie stellen mussten, und einer von ihnen sagte drohend, man würde die Politik einschalten. Der Richter blieb trotzdem ruhig.

Melanie Boheim saß auf der Holzbank vor der Tür des Sitzungszimmers. Niemand hatte ihr gesagt, dass sie ihren Mann nicht sehen könne – der Verkündungstermin war nicht öffentlich. Auf Anraten seiner Anwälte schwieg Boheim bei der Eröffnung des Haftbefehles. Die Anwälte hatten einen Blankoscheck und ein Schreiben der Bank dabei, dass er bis zu 50 Millionen Euro gedeckt sei. Der Ermittlungsrichter ärgerte sich über eine solche Summe, es roch nach Klassenjustiz. Er lehnte den Kautionsantrag ab. »Wir sind hier nicht in Amerika«, sagte er und fragte die Anwälte, ob sie Haftprüfung beantragen wollten.

Oberstaatsanwalt Schmied hatte während des Termins fast nichts gesagt; er glaubte, den Gong hören zu können, der den Kampf einläutete.

—

Percy Boheim war beeindruckend. Einen Tag nach seiner Verhaftung suchte ich ihn in der Justizvollzugsanstalt auf, der Justiziar seiner Firma hatte mich gebeten, die Verteidigung zu übernehmen. Boheim saß hinter dem Tisch in der Besucherzelle, als wäre es sein Büro, und begrüßte mich herzlich. Wir redeten über die verfehlte Steuerpolitik der Regierung und die Zukunft der Automobilbranche. Er tat so, als wären wir auf einem Stehempfang und nicht mitten in einem Schwurgerichtsverfahren.

Als wir zum eigentlichen Thema kamen, erklärte er sofort, dass er bei der Vernehmung durch die Polizei die Unwahrheit gesagt habe. Er habe seine Frau schützen und seine Ehe retten wollen. Alle weiteren Fragen beantwortete er präzise, konzentriert und ohne zu zögern.

Natürlich habe er Stefanie Becker gekannt, sie sei seine Geliebte gewesen, er habe sie über eine Annonce in einem Berliner Stadtmagazin kennengelernt. Er habe sie für Sex bezahlt. Sie sei ein nettes Mädchen gewesen, eine Studentin. Er habe überlegt, ob er ihr nach dem Studium eine Stelle als Trainee in einer seiner Firmen anbieten solle. Er habe sie nie gefragt, warum sie sich prostituiere, aber er sei sich sicher, dass er ihr einziger Kunde gewesen sei. Sie sei schüchtern gewesen und erst mit der Zeit aufgetaut. »Jetzt klingt alles hässlich, aber es war, was es war«, sagte er. Er hatte sie gern gehabt.

Am Tattag habe er bis 13:20 Uhr eine Besprechung gehabt und sei danach, etwa um 13:45 Uhr, im Hotel eingetroffen. Stefanie habe bereits gewartet, sie hätten miteinander geschlafen. Danach habe er geduscht und sei sofort aufgebrochen, er habe etwas allein sein und den kommenden Termin vorbereiten wollen. Stefanie sei im Zimmer geblieben, sie habe noch baden und dann erst losfahren wollen. Sie habe gesagt, sie wolle erst um 15:30 Uhr los. Er habe ihr 500 Euro in ihre Handtasche gesteckt, das sei so vereinbart gewesen.

Mit dem Lift neben der Suite sei er direkt in die Tiefgarage gefahren, bis zu seinem Wagen habe er eine, höchstens zwei Minuten gebraucht. Das Hotel habe er etwa gegen 14:30 Uhr verlassen, er sei zum Tiergarten, dem größten Stadtpark in Berlin, gefahren und dort fast eine Stunde spazieren gegangen. Er habe über seine Beziehung zu Stefanie nachgedacht und sich überlegt, dass er sie beenden müsse. Sein Funktelefon habe er ausgeschaltet gelassen, er habe nicht gestört werden wollen.

Um 16:00 Uhr sei er in einer Besprechung am Kurfürstendamm gewesen, an der vier weitere Herren teilgenommen hätten. Zwischen 14:30 Uhr und 16:00 Uhr habe er niemanden getroffen und kein Telefonat geführt. Beim Verlassen des Hotels sei ihm niemand begegnet.

Mandanten und Strafverteidiger haben ein merkwürdiges Verhältnis. Ein Anwalt will nicht immer wissen, was wirklich passiert ist. Das hat auch seinen Grund in unserer Strafprozessordnung: Wenn der Verteidiger weiß, dass der Mandant in Berlin getötet hat, darf er nicht beantragen, »Entlastungszeugen« zu hören, die sagen würden, dass er an diesem Tag in München war. Es ist eine Gratwanderung. In anderen Fällen muss der Anwalt unbedingt die Wahrheit wissen. Die Kenntnis der wahren Umstände ist dann vielleicht der winzige Vorsprung, der seinen Mandanten vor einer Verurteilung bewahrt. Ob der Anwalt glaubt, dass sein Mandant unschuldig ist, spielt dabei keine Rolle. Seine Aufgabe ist es, den Mandanten zu verteidigen. Nicht mehr und nicht weniger.

Wenn Boheims Erklärung zutraf, er also das Zimmer gegen 14:30 Uhr verlassen hatte und die Putzfrau die Tote um 15:26 Uhr gefunden hatte, blieb fast eine Stunde. Das war genügend Zeit. In 60 Minuten hätte der wahre Täter das Zimmer betreten, das Mädchen erschlagen und vor dem Eintreffen der Putzfrau wieder verschwinden können. Für Boheims Aussage gab es keine Beweise. Hätte er bei seiner ersten Vernehmung geschwiegen, wäre es leichter gewesen. Seine Lügen hatten die Situation verschlimmert, und von einem anderen Täter gab es keine Spur. Ich hielt es zwar für unwahrscheinlich, dass ein Gericht ihn am Ende einer Hauptverhandlung verurteilen würde. Aber ich bezweifelte, dass der Richter den Haftbefehl schon jetzt aufheben würde – ein Verdacht blieb.

—

Zwei Tage später rief der Ermittlungsrichter an, um einen Termin zur Haftprüfung zu vereinbaren. Wir einigten uns auf den nächsten Tag. Ich konnte die Akte von einem Büroboten abholen lassen, die Staatsanwaltschaft hatte die Einsicht genehmigt.

Die Akte enthielt neue Ermittlungen. Alle Personen aus dem Adressbuch des Funktelefons der Toten waren befragt worden. Eine Freundin, der sich Stefanie Becker anvertraut hatte, erklärte der Polizei, weshalb sie sich prostituiert hatte.

Weitaus interessanter aber war, dass die Polizei inzwischen Abbas ausfindig gemacht hatte. Er war vorbestraft, Einbruch und Drogenhandel und zwei Jahre zuvor ein Gewaltdelikt, eine Schlägerei vor einer Diskothek. Die Polizei hatte Abbas vernommen. Er sagte, einmal sei er Stefanie aus Eifersucht zu dem Hotel gefolgt, aber sie habe ihren Aufenthalt erklären können. Die Vernehmung zog sich über viele Seiten, in jeder Zeile spürte man das Misstrauen der Beamten. Aber am Ende hatten sie nur ein Motiv und keinen Beweis.

Am späten Nachmittag besuchte ich Oberstaatsanwalt Schmied in seinem Dienstzimmer. Er empfing mich wie immer in freundlicher und professioneller Atmosphäre. Auch er hatte bei Abbas kein gutes Gefühl, Eifersucht sei immer ein starker Antrieb. Als Alternativtäter sei er nicht auszuschließen: Er kannte das Hotel, sie war seine Freundin, sie hatte mit einem anderen geschlafen. Wenn er dort gewesen war, hätte er sie auch töten können. Ich erklärte Schmied, weshalb Boheim gelogen hatte und sagte dann: »Mit einer Studentin zu schlafen ist schließlich kein Verbrechen.«

»Ja, aber schön ist es auch nicht.«

»Darauf kommt es Gott sei Dank nicht an«, sagte ich. »Ehebruch ist kein Strafdelikt mehr.« Schmied selbst hatte vor einigen Jahren eine Affaire mit einer Staatsanwältin gehabt, wie jeder in Moabit wusste. »Ich kann keinen Grund sehen, weshalb Boheim seine Geliebte hätte töten wollen«, sagte ich.

»Ich auch noch nicht. Aber Sie wissen doch, dass mir Motive nicht so wichtig sind«, sagte Schmied. »Bei seiner Vernehmung hat er wirklich wild gelogen.«

»Das macht ihn zwar verdächtig, beweist aber letztlich nichts. Außerdem wäre seine erste Aussage in der Hauptverhandlung vermutlich unverwertbar.«

»Aha?«

»Die Polizisten hatten zu dem Zeitpunkt bereits die Telefonate ausgewertet. Sie wussten, dass er mit dem Opfer lange telefoniert hatte. Sie wussten aufgrund der Funkzelle, die sein Handy ansprach, dass sein Wagen in der Nähe des Hotels war. Sie wussten, dass er das Zimmer gemietet hatte, in der das Mädchen getötet wurde«, sagte ich. »Die Polizisten hätten ihn also als Beschuldigten vernehmen müssen. Sie haben ihn aber nur als Zeugen gehört und ihn auch nur als Zeugen belehrt.«

Schmied blätterte in der Vernehmung. »Sie haben recht«, sagte er schließlich und schob die Akten von sich. Ihn ärgerten solche Spielchen der Polizei, sie führten nie wirklich weiter.

»Außerdem waren auf dem Tatwerkzeug, der Lampe, mit der die Studentin erschlagen wurde, keine Fingerabdrücke«, sagte ich. Die Spurenauswertung hatte dort nur *ihre* DNA gefunden.

»Das ist richtig«, sagte Schmied. »Aber das Sperma in den Haaren des Mädchens stammt von Ihrem Mandanten.«

»Ach, kommen Sie, Herr Schmied, das ist doch Unsinn. Er ejakuliert auf das Mädchen und zieht sich dann Handschuhe an, um sie zu erschlagen? Boheim ist doch kein Vollidiot.«

Schmied zog die Augenbrauen hoch.

»Und alle anderen Spuren, die auf Wassergläsern, an Tür- und Fensterklinken usw. gesichert wurden, sind durch seinen Aufenthalt in dem Hotel unschuldig zu erklären«, sagte ich weiter.

Wir diskutierten fast eine Stunde. Am Ende sagte Oberstaatsanwalt Schmied:

»Unter der Voraussetzung, dass Ihr Mandant bei der Haftprüfung seine Beziehung zur Toten ausführlich schildert, bin ich einverstanden, dass der Haftbefehl morgen außer Vollzug gesetzt wird.«

Er stand auf und gab mir zum Abschied die Hand. Als ich im Türrahmen stand, sagte er noch: »Boheim wird aber seinen Pass abgeben, eine hohe Kaution zahlen und sich zweimal pro Woche bei der Polizei melden müssen. Einverstanden?«

Natürlich war ich einverstanden.

Als ich das Zimmer verließ, war Schmied zufrieden, dass sich die Sache nun beruhigen würde. Er hatte Boheim eigentlich nie für den Täter gehalten. Percy Boheim schien kein rasender Wahnsinniger zu sein, der unzählige Male auf den Kopf einer Studentin einschlägt. Aber, dachte Schmied, wer kennt den Menschen schon. Und deshalb waren Motive der Tat für ihn auch selten ausschlaggebend.

Als er zwei Stunden später die Tür seines Arbeitszimmers abschließen und nach Hause gehen wollte, klingelte sein Telefon. Schmied fluchte, ging zurück, hob den Hörer ab und ließ sich in den Sessel fallen. Es war der Ermittlungsführer der Mordkommission in dieser Sache. Als Schmied sechs Minuten später auflegte, sah er auf die Uhr. Dann zog er seinen alten Füller aus dem Jackett, schrieb einen kurzen Vermerk über das Telefonat und heftete ihn als oberstes Blatt in die Akte. Er löschte das Licht und blieb noch eine Weile im Dunkeln sitzen. Er wusste jetzt, dass Percy Boheim der Mörder war.

—

Am nächsten Tag bestellte mich Schmied erneut in sein Büro. Er sah fast traurig aus, als er mir die Bilder über den Schreibtisch schob. Auf den Fotos konnte man deutlich Boheim hinter der Scheibe seines Wagens erkennen. »An der Ausfahrt der Parkgarage des Hotels ist eine hochauflösende Videokamera installiert«, sagte er. »Ihr Mandant ist beim Verlassen der Garage gefilmt worden. Ich habe die Bilder heute morgen bekommen, die Mordkommission hatte mich gestern nach unserem Gespräch noch angerufen. Ich habe Sie nicht mehr erreichen können.«

Ich sah ihn fragend an.

»Die Bilder zeigen Herrn Boheim beim Verlassen der Hotelgarage. Sehen Sie sich bitte die Uhrzeit auf dem ersten Foto an, die Videokamera druckt sie immer unten links aus. Die Zeit lautet 15:26:55 Uhr. Wir haben die Uhrzeit auf der Kamera überprüft, sie ist korrekt«, sagte Schmied. »Die Putzfrau fand die Tote um 15:26 Uhr. Auch diese Uhrzeit stimmt. Sie wird bestätigt durch den ersten Polizeinotruf, der um 15:29 Uhr einging. Es tut mir leid, aber es kann keinen anderen Täter geben.«

Mir blieb nichts anderes übrig, als die Haftprüfung zurückzunehmen. Boheim würde bis zum Prozess in Untersuchungshaft bleiben.

—

In den nächsten Monaten wurde der Prozess vorbereitet. Alle Anwälte der Kanzlei arbeiteten daran, jede Kleinigkeit aus der Akte wurde wieder und wieder überprüft, die Funkzellen, die DNA-Analyse, die Kamera in der Garage. Die

Mordkommission hatte gut gearbeitet, es waren kaum Fehler zu finden. Die Boheim-Werke beauftragten ein Detektivbüro, aber auch sie ermittelten nichts Neues. Boheim selbst hielt trotz aller gegenteiligen Beweise an seiner Geschichte fest. Und trotz der miserablen Aussichten blieb er gut gelaunt und gelassen.

Die Polizei geht bei ihrer Arbeit davon aus, dass es keine Zufälle gibt. Ermittlungen bestehen zu 95 Prozent aus Büroarbeit, aus der Auswertung von Sachbeweisen, dem Schreiben von Vermerken, den Vernehmungen von Zeugen. Im Krimi gesteht der Täter, wenn man ihn anschreit; in der Wirklichkeit ist es nicht so einfach. Und wenn ein Mann mit einem blutigen Messer in der Hand über eine Leiche gebeugt ist, dann ist er der Mörder. Kein vernünftiger Polizist würde glauben, dass er nur zufällig vorbeikam und das Messer aus der Leiche zog, um zu helfen. Der Satz des Kriminalkommissars, dass eine Lösung zu einfach sei, ist eine Erfindung von Drehbuchautoren. Das Gegenteil ist wahr. Das Offensichtliche ist das Wahrscheinliche. Und fast immer ist es auch das Richtige.

Anwälte hingegen versuchen eine Lücke in dem Beweisgebäude der Strafverfolger zu finden. Ihr Freund ist der Zufall, ihre Aufgabe, die vorschnelle Festlegung auf eine scheinbare Wahrheit zu verhindern. Ein Polizeibeamter sagte einmal zu einem Bundesrichter, dass Verteidiger doch nur Bremsen am Wagen der Gerechtigkeit seien. Der Richter antwortete, dass ein Wagen ohne Bremsen auch nichts tauge. Ein Strafprozess funktioniert nur innerhalb dieses Kräftespiels.

Wir suchten also nach dem Zufall, der unseren Mandanten retten sollte.

Boheim hatte Weihnachten und Neujahr in Haft verbringen müssen. Oberstaatsanwalt Schmied hatte ihm großzügige Sondersprecherlaubnisse für seine Geschäftsführer, Wirtschaftsprüfer und Zivilanwälte gegeben. Er empfing sie jeden zweiten Tag und leitete seine Firmen aus der Zelle. Seine Vorstandskollegen und seine Belegschaft erklärten öffentlich, dass sie zu ihm stünden. Auch seine Frau besuchte ihn regelmäßig. Nur auf Besuche seines Sohnes verzichtete er; Benedikt sollte seinen Vater nicht im Gefängnis sehen.

Aber es gab noch immer keinen Lichtblick für den Prozess, der in vier Tagen beginnen sollte. Außer ein paar prozessualen Anträgen hatte niemand eine tragende Idee für eine Erfolg versprechende Verteidigung. Ein Deal, wie er sonst in der Strafjustiz üblich ist, kam nicht infrage. Auf Mord steht eine lebenslange Freiheitsstrafe, auf Totschlag fünf bis fünfzehn Jahre. Es gab nichts, worüber ich mit dem Richter hätte verhandeln können.

Die ausgedruckten Videobilder lagen auf dem Bibliothekstisch in der Kanzlei. Boheim war gestochen scharf von der Kamera erfasst worden. Es war ein Film wie ein Taschenkino mit sechs Bildern. Mit der linken Hand betätigt Boheim den Ausfahrschalter. Die Schranke öffnet sich. Der Wagen fährt an der Kamera vorbei.

Und dann war es plötzlich ganz klar. Die Lösung lag seit vier Monaten in der Akte. Sie war so einfach, dass ich lachen musste. Wir alle hatten sie übersehen.

—

Der Prozess fand im Saal 500 in Moabit statt. Die Staatsanwaltschaft hatte Anklage wegen Totschlags erhoben. Oberstaatsanwalt Schmied vertrat selbst die Staatsanwaltschaft, und während er die Vorwürfe vorlas, wurde es still im Saal. Boheim wurde als Angeklagter gehört. Er hatte sich gut vorbereitet, er sprach über eine Stunde ohne Notizen. Seine Stimme war sympathisch, man hörte ihm gerne zu. Konzentriert sprach er über seine Beziehung zu Stefanie Becker. Er ließ nichts aus, es blieben keine dunklen Flecken. Er schilderte den Ablauf des Treffens am Tattag und wie er das Hotel um 14:30 Uhr verlassen hatte. Die anschließenden Fragen des Gerichtes und der Staatsanwaltschaft beantwortete er ausführlich und präzise. Er erklärte, dass und warum er Stefanie Becker für Sex bezahlt habe. Es sei absurd anzunehmen, dass er das junge Mädchen getötet habe, zu dem er sonst keine Beziehung gehabt hatte.

Boheim war souverän. Man sah allen Prozessbeteiligten an, wie unwohl sie sich fühlten. Es war eine seltsame Situation. Niemand wollte ihn des Mordes verdächtigen – außer dass es einfach niemand anderes gewesen sein konnte. Erst für den nächsten Prozesstag waren die Zeugen geladen.

Die Boulevardzeitungen machten am nächsten Tag mit der Überschrift auf: »Millionär doch nicht Killer der schönen Studentin?« So konnte man es auch zusammenfassen.

Am zweiten Hauptverhandlungstag wurde die Putzfrau Consuela aufgerufen. Das Auffinden der Leiche hatte sie ziemlich mitgenommen. Ihre Angaben zur Zeit waren glaubhaft. Staatsanwaltschaft und Verteidigung stellten keine Fragen.

Der zweite Zeuge war Abbas. Er trauerte. Das Gericht fragte nach seiner Beziehung zu der Toten, insbesondere ob Stefanie über den Angeklagten gesprochen habe und was sie von ihm erzählt habe. Abbas wusste nichts darüber zu berichten.

Danach befragte der Vorsitzende Abbas zu dem Treffen mit Stefanie vor dem Hotel, zu seiner Eifersucht, zu seinem Nachspionieren. Der Richter war fair, er tat alles, um herauszufinden, ob Abbas am Tattag in dem Hotel war. Abbas verneinte jede Frage in dieser Richtung. Er schilderte seine Spielsucht, dass er Schulden hatte, dass er jetzt geheilt sei und eine begrenzte Arbeitserlaubnis in einer Pizzeria als Spülkraft habe, um die Schulden abzuarbeiten. Niemand im Gericht glaubte, dass Abbas log: Wer freiwillig so Privates schildert, sagt auch sonst die Wahrheit.

Auch Oberstaatsanwalt Schmied versuchte alles. Aber Abbas blieb bei seiner Geschichte. Er war nun fast vier Stunden im Zeugenstand.

Ich stellte Abbas keine Fragen. Der Vorsitzende sah mich verwundert an, immerhin war Abbas der einzige infrage kommende Alternativtäter. Ich hatte etwas anderes vor. Die wichtigste Regel für einen Verteidiger bei der Zeugenbefragung ist, keine Fragen zu stellen, deren Antwort er nicht kennt. Überraschungen sind nicht immer erfreulich, und man spielt nicht mit dem Schicksal des Mandanten.

Die Hauptverhandlung offenbarte ansonsten kaum Neues, der Akteninhalt wurde Schritt für Schritt nachvollzogen. Lediglich Stefanies Freundin, der sie den Grund für die Prostitution gestanden hatte, ließ einen Schatten auf Boheim fallen. Immerhin hatte er die Notlage des Mädchens ausgenutzt. Eine Schöffin, die ich auf unserer Seite glaubte, rutschte unruhig auf ihrem Stuhl hin und her.

Am vierten Hauptverhandlungstag – als zwölfter Zeuge – wurde der Polizist aufgerufen, auf den wir gewartet hatten. Er war noch nicht lange in der Mordkommission. Seine Aufgabe war es gewesen, das Video der Überwachungskamera im Parkhaus zu sichern. Der Vorsitzende ließ sich schildern, wie sich der Polizist das Video vom Sicherheitsdienst des Hotels hatte aushändigen lassen. Ja, er habe vor Ort die eingeblendete Uhrzeit auf den Monitoren im Sicherheitsbüro des Hotels verglichen. Lediglich eine halbe Minute Abweichung zur tatsächlichen Zeit habe er feststellen können. Darüber habe er auch einen Vermerk geschrieben.

Als die Verteidigung das Fragerecht bekam, ließ ich mir zunächst bestätigen, dass es wirklich der 29. Oktober gewesen war, an dem der Polizist das Video gesichert hatte. Ja, das sei korrekt, es sei der Montag gewesen, gegen 17:00 Uhr.

»Herr Zeuge, haben Sie den Wachmann des Hotels gefragt, ob er die Uhrzeit am 28.10. auf Winterzeit umgestellt hatte?«, fragte ich.

»Was? Nein. Die Uhrzeit war doch richtig. Ich habe es doch überprüft …«

»Das Video ist vom 26.10. An diesem Tag war noch Sommerzeit. Erst zwei Tage später, am 28.10., wurde auf Winterzeit umgestellt.«

»Das verstehe ich nicht …«, sagte der Polizist.

»Es ist ganz einfach. Es könnte sein, dass die Uhr der Überwachungskamera immer die Winterzeit anzeigt. Wenn diese Uhr 15:00 im Sommer anzeigen würde, wäre es in Wirklichkeit 14:00 Uhr, würde sie 15:00 Uhr hingegen im Winter anzeigen, wäre es die korrekte Zeit.«

»Richtig.«

»Am Tattag, dem 26.10., galt die Sommerzeit. Die Uhr zeigte 15:26 Uhr an. Wäre die Uhr nicht umgestellt worden, wäre es in Wirklichkeit 14:26 Uhr gewesen. Haben Sie das verstanden?«

»Ja«, sagte der Polizist »Aber das ist doch nur sehr theoretisch.«

»Genau um diese Theorie geht es. Die Frage ist also, ob die Uhr korrekt gestellt gewesen ist. Denn sonst hätte der Angeklagte das Zimmer eine Stunde vor dem Auffinden durch die Putzfrau verlassen. In dieser Stunde hätte jeder andere das Opfer töten können. Deshalb, Herr Zeuge, wäre die Frage an das Sicherheitspersonal des Hotels schon entscheidend gewesen. Warum haben Sie sie nicht gestellt?«

»Ich weiß jetzt nicht mehr, ob ich das gefragt habe. Wahrscheinlich hat mir der Sicherheitsdienst das gesagt …«

»Ich habe hier eine Aussage des Leiters des Sicherheitsdienstes, die wir vor einigen Tagen aufgenommen haben. Er sagte, dass die Uhr noch nie umgestellt worden war. Sie lief seit Installation der Kamera immer auf der gleichen Zeit, nämlich der Winterzeit. Können Sie sich jetzt besser daran erinnern, ob Sie ihm die Frage gestellt haben?« Ich überreichte dem Gericht und der Staatsanwaltschaft eine Kopie der Aussage.

»Ich, ich glaube, ich habe die Frage nicht gestellt«, sagte der Polizist jetzt.

»Herr Vorsitzender, könnten Sie dem Zeugen bitte aus der Bildermappe B Blatt 12 bis 18 zeigen. Es handelt sich um die Bilder, auf denen zu sehen ist, wie der Angeklagte die Garage verließ.«

Der Vorsitzende suchte die gelbe Bildermappe heraus und breitete die Videoausdrucke vor sich aus. Der Zeuge trat an den Richtertisch und sah sie sich an.

»Da steht es doch. 15:26:55 Uhr. Das ist die Uhrzeit«, sagte der Polizist.

»Ja, die falsche Uhrzeit. Darf ich aber Ihren Blick auf den Arm des Angeklagten auf Bild 4 lenken? Bitte sehen Sie genau hin. Seine linke Hand ist gut zu erkennen, weil er gerade den Klingelknopf betätigt. Herr Boheim trug an diesem Tag eine Patek Philippe. Können Sie die Ziffern auf dem Bild erkennen?«

»Ja, sie sind deutlich zu erkennen.«

»Herr Zeuge, welche Uhrzeit können Sie ablesen?«

»14:26 Uhr«, sagte der Polizist.

Auf der voll besetzten Pressebank breitete sich Unruhe aus. Oberstaatsanwalt Schmied kam jetzt selbst zum Richtertisch, um sich die Bilder im Original anzusehen. Er ließ sich Zeit, nahm die Bilder einzeln zur Hand und betrachtete sie genau. Endlich nickte er. Das waren die 60 Minuten, die zur Annahme eines Alternativtäters und damit zum Freispruch Boheims gefehlt hatten. Der Prozess würde jetzt schnell zu Ende gehen, andere Beweise gegen Boheim waren nicht vorhanden. Der Vorsitzende erklärte, das Gericht benötige eine Pause.

Auf Antrag der Staatsanwaltschaft wurde eine halbe Stunde später der Haftbefehl gegen Boheim aufgehoben, am nächsten Prozesstag wurde er ohne weitere Beweisaufnahme freigesprochen.

—

Oberstaatsanwalt Schmied gratulierte Percy Boheim zu seinem Freispruch. Dann ging er über den langen Flur zurück in sein Zimmer, fertigte einen Vermerk über den Ausgang des Verfahrens und schlug die nächste Akte auf, die auf seinem Schreibtisch lag. Drei Monate später wurde er pensioniert.

Abbas wurde noch am gleichen Abend verhaftet. Der Vernehmungsbeamte ging geschickt vor. Er erklärte Abbas, dass Stefanie sich nur prostituiert habe, um ihn zu retten, und las ihm die Aussage der Freundin vor, der Stefanie alles erzählt hatte. Als Abbas ihr Opfer verstand, brach er zusammen.

Aber er hatte Erfahrung mit der Polizei, und er gestand nicht – die Tat ist bis heute unaufgeklärt. Abbas konnte nicht angeklagt werden, die Beweise reichten dafür nicht.

Melanie Boheim reichte einen Monat nach Ende des Prozesses die Scheidung ein.

Schmied begriff die Sache mit der Zeit erst Monate nach seiner Pensionierung und weil es ein milder Herbsttag war, schüttelte er den Kopf. Für eine Wiederaufnahme des Verfahrens würde es nicht reichen und die Zeit auf Boheims Uhr würde es nicht erklären. Er kickte eine Kastanie aus dem Weg und ging langsam die Allee hinunter, während er dachte, dass das Leben seltsam war.

Notwehr

Lenzberger und Beck schlenderten über den Bahnsteig. Glatzen, Militärhosen, Springerstiefel, ausladender Gang. Auf Becks Jacke stand »Thor Steinar«, auf Lenzbergers T-Shirt »Pitbull Germany«.

Beck war etwas kleiner als Lenzberger. Er war elfmal wegen Gewaltdelikten verurteilt worden. Die erste Körperverletzung hatte er mit 14 Jahren begangen, er war mit den Großen mitgelaufen und hatte geholfen, einen Vietnamesen zusammenzutreten. Danach wurde es schlimmer. Mit fünfzehn war er das erste Mal in einer Jugendstrafanstalt, mit sechzehn hatte er sich tätowieren lassen. Auf dem jeweils ersten Glied der vier Finger seiner rechten Hand standen Buchstaben, die zusammen das Wort »H-A-S-S« ergaben, auf seinem linken Daumen trug er ein Hakenkreuz.

Lenzberger hatte nur vier Eintragungen in seinem Strafregister, aber er hatte einen neuen Baseballschläger aus Metall. In Berlin werden fünfzehnmal mehr Schläger als Bälle verkauft.

Beck pöbelte eine ältere Dame an, sie bekam Angst. Er lachte und machte mit erhobenen Armen zwei große Schritte auf sie zu. Die Dame trippelte schneller, sie hielt ihre Handtasche umklammert und verschwand.

Lenzberger schlug den Baseballschläger gegen einen Mülleimer. Das Scheppern hallte durch den Bahnhof, er brauchte nicht viel Kraft für die Delle im Blech. Der Bahnsteig war fast leer, der nächste Zug fuhr in 48 Minuten, ein ICE nach Hamburg. Sie setzten sich auf eine Bank. Beck legte die Füße hoch, Lenzberger hockte sich auf die Lehne. Sie langweilten sich und warfen die letzte Bierflasche ins Gleisbett. Sie zersprang, das Etikett wellte sich langsam nach oben.

Dann entdeckten sie ihn. Der Mann saß zwei Bänke weiter, Mitte vierzig, Halbglatze, Brille mit schwarzem Kassengestell, grauer Anzug. Ein Buchhalter oder Beamter, dachten sie, ein Langweiler, auf den zu Hause Frau und Kinder warten. Beck und Lenzberger grinsten sich an, ein ideales Opfer, einer, der Angst bekommen würde. Die Nacht war bisher nicht gut gelaufen, keine Frauen, zu wenig Geld für wirklich gute Sachen. Becks Freundin hatte sich am Freitag von ihm getrennt, sie hatte die Schreierei und den Alkohol satt gehabt. Das Leben war Scheiße an diesem Montagmorgen – bis sie den Mann entdeckten. Sie steigerten sich in Gewaltphantasien, hauten sich gegenseitig auf die Schulter und gingen Arm in Arm zu ihm.

Beck ließ sich neben dem Mann auf die Bank fallen und rülpste ihm ins Ohr. Es stank nach Alkohol und Unverdautem. »Na, Alter, heute schon gefickt?«

Der Mann holte aus seiner Jacketttasche einen Apfel und polierte ihn mit dem Ärmel.

»Hey, Arschloch, ich rede mit dir«, sagte Beck. Er schlug dem Mann den Apfel aus der Hand und zertrat ihn, das Fruchtfleisch spritzte auf die Springerstiefel.

Der Mann sah Beck nicht an. Er blieb sitzen, bewegungslos, die Augen gesenkt. Beck und Lenzberger verstanden das als Provokation. Beck bohrte seinen Zeigefinger in die Brust des Mannes. »Oh, da will einer nicht antworten«, sagte er und gab dem Mann eine Ohrfeige. Die Brille verrutschte, der Mann richtete sie nicht. Weil er sich noch immer nicht rührte, zog Beck ein Messer aus dem Stiefel. Es war ein langes Messer, die Spitze war doppelseitig geschliffen, der Rücken gezackt. Er fuchtelte damit vor dem Gesicht des Mannes herum. Der Mann sah nur geradeaus. Beck stach ein bisschen in die Hand des Mannes, nicht tief, ein Nadelstich. Er sah den Mann erwartungsvoll an, ein Tropfen Blut quoll auf den Handrücken. Lenzberger freute sich auf das, was jetzt kommen würde, und schlug vor Aufregung mit dem Baseballschläger gegen die Bank. Beck fasste mit einem Finger in den Blutstropfen und schmierte darin herum. »Na, Arschloch, geht's besser?«

Der Mann reagierte noch immer nicht. Beck wurde wütend. Das Messer schnitt durch die Luft, zweimal von rechts nach links, nur Zentimeter vor der Brust des Mannes. Beim dritten Mal traf das Messer. Es durchtrennte das Hemd und ritzte die Haut des Mannes, die Wunde war 20 Zentimeter lang, fast waagerecht, ein wenig Blut lief in den Stoff und hinterließ einen gewellten roten Strich.

Ein Arzt, der mit dem Frühzug nach Hannover zu einer Urologenkonferenz wollte, stand am gegenüberliegenden Bahnsteig. Er würde später aussagen, dass sich der Mann kaum bewegt habe, es sei zu schnell gegangen. Die Bahnsteigkamera, die das Geschehen aufzeichnete, zeigte nur Einzelstandbilder in Schwarz-Weiß.

Beck holte erneut Schwung, Lenzberger johlte. Der Mann umfasste Becks Messerhand und schlug dabei in seine rechte Armbeuge. Der Schlag änderte die Richtung des Messers, ohne den Schwung zu unterbrechen. Die Klinge beschrieb einen Bogen. Der Mann dirigierte die Spitze zwischen Becks dritte und vierte Rippe, Beck stach sich selbst in die Brust. Als der Stahl die Haut durchdrang, schlug der Mann hart auf Becks Faust. Alles war eine einzige Bewegung, fließend, fast ein Tanz. Die Klinge verschwand vollständig in Becks Körper. Sie zerschnitt sein Herz, Beck lebte noch vierzig Sekunden. Er blieb stehen und sah an sich herunter. Er hielt den Griff des Messers umklammert und schien die Tätowierung auf seinen Fingern zu lesen. Er hatte keine Schmerzen, die Synapsen der Nerven übermittelten keine Signale mehr. Beck verstand nicht, dass er gerade starb.

Der Mann drehte sich zu Lenzberger und sah ihn an. Er nahm keine besondere Haltung ein, er stand einfach nur da. Er wartete. Lenzberger wusste nicht, ob er fliehen oder kämpfen sollte, und weil der Mann noch immer wie ein Buchhalter aussah, entschied er sich falsch. Lenzberger riss den Baseballschläger hoch. Der Mann schlug nur einmal zu, eine kurze Bewegung zu Lenzbergers Hals, so schnell, dass die Einzelbilder der Bahnhofskamera sie nicht festhalten konnten. Dann setzte er sich wieder und beachtete seine Gegner nicht weiter.

Der Schlag war präzise. Er hatte den Karotis-Sinus getroffen, eine kurze Auftreibung der inneren Halsschlagader. Dort, an diesem winzigen Punkt, befindet sich ein ganzes Bündel von Nervenenden. Sie verstanden die Erschütterung als extreme Erhöhung des Blutdrucks und sandten das Signal an Lenzbergers Großhirn, den Herzschlag zu drosseln. Sein Herz schlug immer langsamer, sein Kreislauf kollabierte. Lenzberger sank auf die Knie, der Baseballschläger fiel hinter ihm zu Boden, titschte noch zweimal auf, rollte über den Bahnsteig und fiel ins Gleisbett. Der Schlag war so hart gewesen, dass er die empfindliche Wand des Karotis-Sinus zerrissen hatte. Blut drang ein und überreizte die Nerven. Ohne Unterbrechung sandten sie jetzt das Signal, den Herzschlag zu hemmen. Lenzberger fiel mit dem Gesicht auf den Bahnsteig, ein wenig Blut lief in die hellen Bodenrippen und staute sich an einer Zigarettenkippe. Lenzberger starb, sein Herz hatte einfach aufgehört zu schlagen.

Beck stand noch zwei Sekunden. Dann fiel auch er, sein Kopf klatschte gegen die Bank und hinterließ dort eine rote Schliere. Dann lag er da, seine Augen waren offen, er schien die Schuhe des Mannes zu betrachten. Der Mann rückte seine Brille wieder gerade. Er schlug die Beine übereinander, zündete sich eine Zigarette an und wartete auf seine Festnahme.

Eine Polizeimeisterin traf als Erste am Tatort ein. Sie war mit einem Kollegen losgeschickt worden, als die beiden Glatzen den Bahnsteig betraten. Sie sah die Leichen, das Messer in Becks Brust, das zerschnittene Hemd des Mannes, und sie registrierte, dass er rauchte. In ihrem Gehirn gewannen alle Informationen die gleiche Dringlichkeit. Sie zog ihre Dienstwaffe, richtete sie auf den Mann und schrie: »Rauchen ist im gesamten Bahnhofsbereich verboten.«

—

»Ein Key-Client hat uns um Hilfe gebeten. Bitte kümmere dich um die Sache, wir übernehmen die Kosten«, sagte der Anwalt am Telefon. Er sagte, er rufe aus New York an, aber es klang, als säße er neben mir. Er machte es dringend. Er war Seniorpartner einer dieser Wirtschaftskanzleien, die in jedem industrialisierten Land mindestens eine Niederlassung haben. Ein »Key-Client« ist ein Mandant, an dem die Kanzlei viel Geld verdient, ein Klient mit besonderen Rechten. Ich fragte ihn, worum es gehe, aber er wusste nichts. Seine Sekretärin hatte von der Polizei einen Anruf bekommen, ihr sei nur mitgeteilt worden, dass jemand am Bahnhof festgenommen worden sei. Einen Namen habe sie nicht. Es ginge »wohl um Totschlag oder so etwas«, mehr wisse sie nicht. Es sei ein »Key-Client«, weil diese Telefonnummer nur an solche herausgegeben werde.

Ich fuhr zur Mordkommission in der Keithstraße. Es spielt keine Rolle, ob Polizeistationen in einem modernen Glas-Stahl-Hochhaus oder in einer zweihundert Jahre alten Wache untergebracht sind – sie alle gleichen sich. In den Fluren liegt graugrünes Linoleum, es riecht nach Putzmittel, und in den Vernehmungszimmern hängen überdimensionale Katzenposter und Postkarten, die Kollegen aus dem Urlaub schickten. Auf Bildschirmen und Schranktüren kleben ausgeschnittene Scherzsprüche. Es gibt lauwarmen Filterkaffee aus orange-gelben Kaffeemaschinen mit eingebrannter Wärmeplatte. Auf den Tischen stehen dicke »I love Hertha«-Tassen, Helit-Stifteköcher aus hellgrünem Plastik, und manchmal hängen an den Wänden Fotos in rahmenlosen Glashaltern, die ein Beamter von Sonnenuntergängen gemacht hat. Die Einrichtung ist praktisch und lichtgrau, die Zimmer zu eng, die Stühle zu ergonomisch, auf den Fensterbrettern stehen Pflanzen im Blähton.

Kriminalhauptkommissar Dalger hatte Hunderte von Vernehmungen durchgeführt. Als er vor sechzehn Jahren zur Mordkommission kam, war das die Krone des Polizeiapparats. Er war stolz gewesen, dass er es geschafft hatte, und er wusste, dass er seinen Aufstieg vor allem einer Eigenschaft verdankte: Geduld. Er hörte, wenn es sein musste, stundenlang zu, nichts war ihm zu viel, und er fand nach den langen Jahren im Polizeidienst noch immer alles interessant. Dalger mied die Vernehmung beim ersten Zugriff, wenn alles noch frisch war und er wenig wusste. Er war der Mann für Geständnisse. Es gab bei ihm keine Tricks, keine Erpressung und keine Demütigung. Das erste Verhör überließ Dalger gerne den Jüngeren; er wollte erst fragen, wenn er meinte, alles über den Fall zu wissen. Er hatte ein brillantes Gedächtnis für Einzelheiten. Er verließ sich nicht auf sein Gefühl, auch wenn es ihn noch nie getäuscht hatte. Dalger wusste, dass die absurdesten Geschichten wahr und die glaubhaften erlogen sein können. Vernehmungen, sagte er zu den jüngeren Kollegen, sind harte Arbeit. Und er vergaß nie hinzuzufügen: »Folgen Sie dem Geld oder dem Sperma. Jeder Mord klärt sich so auf.«

Obwohl wir fast immer unterschiedliche Interessen hatten, respektierten wir uns. Und als ich mich endlich zu ihm durchgefragt hatte und das Vernehmungszimmer betrat, schien er fast erfreut, mich zu sehen. »Wir kommen hier nicht weiter«, war das Erste, was er sagte. Dalger wollte wissen, wer mich beauftragt habe. Ich nannte den Namen der Wirtschaftskanzlei, Dalger zuckte die Schultern. Ich bat alle, das Zimmer zu verlassen, um ungestört mit meinem Mandanten sprechen zu können. Dalger grinste: »Na, dann viel Erfolg.«

Der Mann sah erst auf, als wir alleine waren. Ich stellte mich vor, er nickte höflich, aber er sagte nichts. Ich versuchte es auf Deutsch, Englisch und mit ziemlich schlechtem Französisch. Er sah mich nur an, aber er sagte kein einziges Wort. Den Stift, den ich vor ihn legte, schob er zurück. Er *wollte* nicht sprechen. Ich legte ihm einen Vollmachtsvordruck vor, irgendwie musste ich dokumentieren, dass ich ihn vertreten sollte. Er schien nachzudenken, und plötzlich tat er etwas Seltsames: Er öffnete ein Stempelkissen, das auf dem Tisch stand, und presste seinen rechten Daumen erst in die blaue Farbe und dann in das Unterschriftsfeld der Vollmacht. »Auch eine Möglichkeit«, sagte ich und nahm die Vollmacht an mich. Ich ging in Dalgers Büro, der mich fragte, wer der Mann sei.

Diesmal zuckte ich mit den Schultern. Dann erklärte er mir ausführlich, was vorgefallen war.

Dalger hatte den Mann am Vortag von der Bundespolizei, die für den Bahnhof verantwortlich war, übernommen. Der Mann hatte weder bei seiner Festnahme noch auf dem Transport, noch bei dem ersten Vernehmungsversuch in der Keithstraße einen Ton gesagt. Man hatte es mit verschiedenen Dolmetschern versucht, man hatte ihm die Belehrung zur Vernehmung in 16 Sprachen vorgelegt – nichts.

Dalger hatte die Durchsuchung des Mannes angeordnet, aber man hatte nichts gefunden. Er hatte keine Brieftasche, keinen Ausweis und keine Schlüssel. Er zeigte mir das sogenannte Durchsuchungsprotokoll Teil B, das die Gegenstände auflistete, die gefunden wurden. Es gab sieben Positionen:

1. Taschentücher der Marke Tempo mit einem Preisschild der Bahnhofsapotheke;
2. Zigarettenpäckchen mit sechs Zigaretten, deutsche Steuerbanderole;
3. Plastikfeuerzeug, gelb;
4. Fahrschein zweiter Klasse nach Hamburg-Hauptbahnhof (ohne Sitzplatzreservierung);
5. 16540 Euro in Scheinen;
6. 3,62 Euro in Münzgeld;
7. Visitenkarte der Anwaltskanzlei Lorguis, Metcalf & Partner, Berlin mit einer Durchwahlnummer.

Das Merkwürdigste aber war, dass seine Kleidung keine Etiketten aufwies – Hose, Jackett und Hemd konnten von einem Schneider stammen, aber es gibt nicht viele Menschen, die sich Socken und Unterhosen maßanfertigen ließen. Lediglich die Schuhe hatten eine Herkunft, sie stammten von »Henschung«, einem Schuster aus dem Elsass – allerdings konnte man sie in guten Geschäften auch außerhalb Frankreichs erwerben.

Der Mann wurde erkennungsdienstlich behandelt. Man fotografierte ihn und nahm seine Fingerabdrücke. Dalger ließ alle Datenbanken abfragen – es gab keinen Treffer, der Mann war den Ermittlungsbehörden unbekannt. Auch die Herkunft der Fahrkarte brachte nichts, sie war an einem Automaten im Bahnhof gelöst worden.

Inzwischen hatte man das Videoband aus dem Bahnhof gesichtet, den Arzt vom gegenüberliegenden Bahnsteig und die erschrockene alte Dame gehört. Die Polizei hatte ebenso gründlich wie ohne Ergebnis gearbeitet.

Der Mann war vorläufig festgenommen worden, und er hatte die Nacht auf der Wache verbracht. Am nächsten Tag hatte Dalger die Nummer auf der Visitenkarte angerufen. Er hatte damit so lange wie möglich gewartet. Anwälte machen solche Dinge nie einfacher, hatte er gedacht.

Wir saßen in Dalgers Zimmer und tranken lauwarmen Filterkaffee. Ich sah mir das Videoband zweimal an und sagte zu Dalger, dass es eine vollkommen klare, fast schon eine Lehrbuchsituation für Notwehr sei. Dalger wollte den Mann nicht freilassen: »Irgendetwas stimmt mit ihm nicht.«

»Ja, natürlich, das ist offensichtlich. Aber außer Ihrem Gefühl gibt es keinen Grund, ihn festzuhalten, das wissen Sie«, antwortete ich.

»Wir kennen noch nicht einmal seine Identität.«

»Nein, Herr Dalger, das ist das Einzige, was Sie nicht kennen.«

Dalger rief Staatsanwalt Kesting an. Es war eine sogenannte Kap-Sache, also ein Verfahren, für das die Abteilung für Kapitalverbrechen bei der Staatsanwaltschaft zuständig war. Kesting kannte den Fall bereits aus dem ersten Bericht Dalgers. Er war ratlos, aber bestimmt: Eine Eigenschaft, die der Staatsanwaltschaft manchmal hilft. Und deshalb entschied er, den Mann dem Ermittlungsrichter vorführen zu lassen. Nach einigen Telefonaten bekamen wir dort für den Nachmittag um fünf Uhr einen Termin.

Der Ermittlungsrichter hieß Lambrecht und trug einen Norwegerpulli, obwohl es Frühling war. Er hatte einen zu niedrigen Blutdruck, fror sein Leben lang und hatte ebenso lange schon schlechte Laune. Er war 52 Jahre alt, und er wollte Klarheit, die Dinge mussten geordnet sein, er wollte keine Dämonen mit nach Hause nehmen.

Lambrecht hielt an der Hochschule Gastvorlesungen im Strafprozessrecht, die wegen der Beispiele, die er vortrug, legendär waren. Den Studenten sagte er, es sei ein Irrtum zu glauben, dass Richter gerne verurteilen. »Sie tun es, wenn es ihre Aufgabe ist, aber sie tun es nicht, wenn sie Zweifel haben.« Der eigentliche Sinn der richterlichen Unabhängigkeit sei, dass auch Richter ruhig schlafen wollten. An der Stelle lachten die Studenten immer. Es war trotzdem die Wahrheit, er hatte kaum Ausnahmen kennengelernt.

Die Stelle des Ermittlungsrichters ist vielleicht die interessanteste in der Strafjustiz. Man kann in jede Sache kurz reinsehen, man muss keine langweiligen Hauptverhandlungen ertragen, und man muss auf niemanden hören. Aber das ist nur die eine Seite. Die andere ist die Einsamkeit. Der Ermittlungsrichter entscheidet allein. Alles hängt von ihm ab, er sperrt den Menschen ein oder lässt ihn frei. Es gibt einfachere Berufe.

Lambrecht machte sich nichts aus Verteidigern. Aber er machte sich auch nichts aus Staatsanwälten. Ihn interessierte der Fall, und er traf Entscheidungen, die man nur schwer vorhersehen konnte. Die meisten schimpften über ihn, seine viel zu große Brille und seine blassen Lippen wirkten seltsam, aber alle hatten Achtung vor ihm. Zu seinem zwanzigjährigen Dienstjubiläum hatte er vom Präsidenten des Amtsgerichts eine Urkunde bekommen. Der Präsident hatte ihn gefragt, ob er nach so vielen Jahren seinen Beruf immer noch gerne ausübe. Lambrecht hatte geantwortet, er habe ihn noch nie gemocht. Er war eben unabhängig.

Lambrecht las die Aussagen der Zeugen, und nachdem es auch ihm nicht gelang, den Mann zum Sprechen zu bringen, verlangte er, das Video zu sehen. Wir mussten es mit ihm ungefähr einhundertmal hintereinander ansehen, ich konnte die Bilder schon zeichnen, es dauerte eine Ewigkeit.

»Schalten Sie das Ding ab«, sagte er endlich zu dem Wachtmeister und wandte sich an uns. »Nun, meine Herren, ich höre.«

Natürlich hatte Kesting bereits den Entwurf des Haftbefehls übergeben, ohne den der Termin gar nicht möglich wäre. Er beantragte, den Mann wegen Totschlags in zwei Fällen zu inhaftieren, es bestünde Fluchtgefahr, da der Mann ohne nachweisbare Identität sei. Kesting sagte: »Sicherlich könnte man daran denken, dass eine Notwehrsituation gegeben sei. Aber dann läge ein Exzess vor.«

Die Staatsanwaltschaft wollte also auf einen sogenannten Notwehrexzess hinaus. Wenn man angegriffen wird, darf man sich wehren, und man ist in der Wahl der Mittel nicht beschränkt. Gegen einen Faustschlag darf man einen Knüppel, gegen ein Messer eine Pistole einsetzen, man muss nicht das mildeste Mittel wählen. Aber man darf es auch nicht übertreiben: Dem Gegner, den man bereits kampfunfähig geschossen hat, darf man nicht auch noch den Kopf abschlagen. Solche Exzesse duldet das Gesetz nicht.

»Der Exzess bestand darin, dass der Mann auf das Messer in der Brust des Opfers geschlagen hat«, meinte Kesting.

»Aha«, sagte Lambrecht. Er klang verwundert. »Herr Verteidiger bitte.«

»Wir alle wissen, dass das Unsinn ist«, sagte ich. »Niemand muss einen Angriff mit einem Messer dulden, und natürlich durfte er sich in dieser Form wehren. Es geht der Staatsanwaltschaft auch gar nicht um diese Fragen. Staatsanwalt Kesting ist viel zu erfahren, um zu glauben, dass er eine solche Anklage vor einem Schwurgericht durchbrächte. Es geht ihm schlicht darum, dass er die Identität des Mannes ermitteln will und dafür Zeit braucht.«

»Stimmt das, Herr Staatsanwalt?«, fragte Lambrecht.

»Nein«, sagte Kesting. »Die Staatsanwaltschaft stellt keine Haftanträge, die sie nicht ernst meint.«

»Aha«, sagte der Richter wieder. Diesmal klang es ironisch. Er wandte sich an mich. »Können Sie uns denn sagen, wer der Mann ist?«

»Sie wissen, Herr Lambrecht, dass ich das nicht darf, selbst wenn ich es könnte. Aber ich kann eine ladungsfähige Anschrift nennen.« Ich hatte inzwischen nochmals mit dem Anwalt, der mich beauftragt hatte, telefoniert. »Der Mann kann über eine Kanzlei geladen werden, die Zustimmung des Anwaltes kann ich mündlich versichern.« Ich übergab die Adresse.

»Sehen Sie«, rief Kesting. »Er will es nicht sagen. Er weiß viel mehr, aber er will es nicht sagen.«

»Das Verfahren richtet sich nicht gegen mich«, sagte ich. »Aber es verhält sich doch so: Wir wissen nicht, weshalb der Beschuldigte schweigt. Es könnte sein, dass er unsere Sprache nicht versteht. Es könnte aber auch sein, dass er aus anderen Gründen schweigt ...«

»Er verstößt damit gegen § 111 Ordnungswidrigkeitengesetz«, fiel Kesting mir ins Wort. »Es ist ganz klar, dass er dagegen verstößt.«

»Meine Herren, ich wäre dankbar, wenn Sie nacheinander sprechen könnten«, sagte Lambrecht. »§ 111 besagt, dass jeder seine Personalien angeben muss. Da gebe ich der Staatsanwaltschaft recht.« Lambrecht setzte dauernd seine Brille auf und ab. »Aber es ist natürlich keine Vorschrift, die einen Haftbefehl rechtfertigt. Lediglich zwölf Stunden darf jemand zur Personalienfeststellung festgehalten werden. Und die zwölf Stunden, Herr Staatsanwalt, sind schon lange überschritten.«

»Außerdem«, sagte ich, »muss der Beschuldigte seine Personalien auch nicht immer nennen. Wenn er sich durch wahrheitsgemäße Angaben der Gefahr der Strafverfolgung aussetzen würde, darf er schweigen. Würde also der Mann sagen, wer er ist, und würde das zu seiner Verhaftung führen, darf er natürlich schweigen.«

»Da sehen Sie es«, sagte Kesting zu dem Ermittlungsrichter. »Er sagt uns nicht, wer er ist, und wir können nichts machen.«

»So ist es«, sagte ich. »Sie können nichts machen.«

Der Mann saß teilnahmslos auf der Bank. Er trug ein Hemd mit meinen Initialen; ich hatte es ihm bringen lassen. Es passte gut, aber es sah eigenartig aus.

»Herr Staatsanwalt«, sagte Lambrecht, »gibt es eine Vorbeziehung zwischen dem Täter und den Opfern?«

»Nein, davon wissen wir nichts«, sagte Kesting.

»Waren die Opfer alkoholisiert?« Lambrecht hatte auch hier recht, einem Betrunkenen muss man in einer Notwehrsituation eher ausweichen.

»0,4 und 0,5 Promille.«

»Das reicht nicht«, sagte der Richter. »Haben Sie bei dem Täter irgendetwas gefunden, was noch nicht in den Akten steht? Gibt es irgendeinen Hinweis auf ein anderes Verbrechen oder einen anderen Haftbefehl?« Lambrecht schien eine Liste abzuhaken.

»Nein«, sagte Kesting und wusste, dass jedes Nein ihn weiter von seinem Ziel entfernte.

»Gibt es Ermittlungen, die noch ausstehen?«

»Ja. Der vollständige Obduktionsbericht liegt noch nicht vor.« Kesting war froh, doch noch etwas gefunden zu haben.

»Na ja, die beiden werden wohl kaum an einem Hitzschlag gestorben sein, Herr Kesting.« Die Stimme Lambrechts wurde jetzt weicher, ein schlechtes Zeichen für die Sache der Staatsanwaltschaft. »Wenn die Staatsanwaltschaft nicht mehr vorbringen kann als das, was ich hier auf dem Tisch habe, werde ich jetzt entscheiden.«

Kesting schüttelte den Kopf.

»Meine Herren«, sagte Lambrecht, »ich habe genug gehört.« Er lehnte sich zurück. »Die Notwehrsituation ist mehr als offensichtlich. Wenn jemand mit einem Messer und einem Baseballschläger bedroht wird, wenn sogar nach ihm gestochen und geschlagen wird, darf er sich wehren. Er darf sich so wehren, dass der Angriff endgültig beendet wird, und nichts anderes hat der Beschuldigte getan.«

Lambrecht machte eine kurze Pause und fuhr dann fort: »Ich gebe der Staatsanwaltschaft Recht, dass die Sache ungewöhnlich aussieht. Ich kann die Ruhe des Beschuldigten, mit der er den Opfern gegenübertrat, nur erschreckend finden. Aber ich kann nicht erkennen, wo dabei der behauptete Exzess liegen soll. Dass die Überlegung richtig ist, ergibt sich auch daraus, dass ich sicher Haftbefehl gegen die beiden Schläger erlassen hätte, wenn sie jetzt vor mir sitzen würden und nicht auf dem Tisch der Pathologie lägen.«

Kersting klappte seine Akte zu. Es knallte zu laut.

Lambrecht diktierte ins Protokoll: »Der Antrag der Staatsanwaltschaft auf Haftbefehl wird abgelehnt. Der Beschuldigte ist unverzüglich zu entlassen.« Dann wandte er sich an Kesting und mich: »Das war's. Schönen Abend noch.«

Während die Protokollführerin den Entlassungsschein vorbereitete, ging ich vor die Tür. Dalger saß auf der Besucherbank und wartete.

»Guten Abend, was machen Sie denn hier?«, fragte ich. Es ist unüblich, dass ein Polizist so viel Interesse am Ausgang einer richterlichen Vorführung zeigt.

»Ist er raus?«

»Ja, es war eindeutig Notwehr.«

Dalger schüttelte den Kopf. »Hab ich mir gedacht«, sagte er. Er war ein guter Polizist, der seit 26 Stunden nicht geschlafen hatte. Die Sache ärgerte ihn offensichtlich, auch das passte nicht zu ihm.

»Was ist los?«

»Na ja, die andere Sache kennen Sie nicht.«

»Welche andere Sache?«, fragte ich.

»Am selben Morgen, an dem Ihr Mandant festgenommen wurde, haben wir einen Toten in Wilmersdorf gefunden. Messerstich ins Herz. Keine Fingerabdrücke, keine DNA-Spuren, keine Fasern, nichts. Jeder aus dem Umfeld des Toten hat ein Alibi, und die 72 Stunden laufen ab.«

Die 72-Stunden-Regel besagt, dass die Chancen, einen Mord oder Totschlag aufzuklären, nach 72 Stunden rapide sinkt.

»Was wollen Sie damit sagen?«

»Es war professionell.«

»Messerstiche ins Herz kommen doch öfter vor«, sagte ich.

»Ja und nein. Jedenfalls kaum so präzise. Die meisten müssen mehrmals stechen, oder das Messer bleibt in den Rippen hängen. Normalerweise geht mehr schief.«

»Und?«

»Ich habe so ein Gefühl … Ihr Mandant …«

Es war natürlich mehr als nur ein Gefühl: Es gibt jedes Jahr etwa 2400 entdeckte Tötungsverbrechen in Deutschland, rund 140 davon entfallen auf Berlin. Das sind zwar mehr als in Frankfurt (Main), Hamburg und Köln zusammen, aber bei einer Aufklärungsquote von 95 Prozent bleiben gerade einmal sieben Fälle, in denen der Täter nicht gefasst wird. Und hier war eben ein Mann freigelassen worden, der haargenau in Dalgers Theorie passte.

»Herr Dalger, Ihr Gefühl …«, begann ich, er ließ mich nicht aussprechen.

»Ja, ja, ich weiß«, sagte er und wandte sich um. Ich rief ihm hinterher, er solle mich anrufen, wenn es Neuigkeiten gebe. Dalger grummelte etwas Unverständliches wie »keine Veranlassung … Anwälte … Immer das Gleiche …« und ging nach Hause.

—

Der Mann wurde direkt aus dem Verhandlungszimmer entlassen, er erhielt das Geld und die anderen Gegenstände zurück, ich quittierte für ihn. Wir gingen zu meinem Wagen. Ich fuhr ihn zum Bahnhof, dorthin, wo er vor 35 Stunden zwei Männer getötet hatte. Wortlos stieg er aus und verschwand in der Menschenmenge. Ich habe ihn nie wiedergesehen.

Eine Woche später war ich mit dem Chef der Wirtschaftskanzlei zum Mittagessen verabredet. »Wer ist denn nun euer Key-Client, der wollte, dass man sich um den Unbekannten kümmert?«, fragte ich.

»Das darf ich dir nicht sagen, du würdest ihn kennen. Wer der Unbekannte ist, weiß ich selbst nicht. Aber ich habe etwas für dich«, sagte er und zog eine Tüte hervor. Es war das Hemd, das ich dem Mann gegeben hatte. Es war gereinigt und gebügelt.

Auf dem Weg zum Parkplatz warf ich es in den Müll.

Grün

Sie hatten wieder ein Schaf gebracht. Die vier Männer standen in Gummistiefeln um das Tier und starrten es an. Sie hatten es auf der Ladefläche eines Pick-ups in den Innenhof des Herrenhauses gefahren, und nun lag es dort im Nieselregen auf einer blauen Plastikfolie. Die Kehle des Schafs war durchschnitten, das schlammverdreckte Fell übersät von Stichwunden. Das verkrustete Blut verflüssigte sich im Regen allmählich wieder, es lief in dünnen roten Fäden über die Folie und versickerte zwischen den Pflastersteinen.

Für keinen der Männer war der Tod etwas Fremdes, sie waren Viehbauern, und jeder von ihnen hatte schon selbst geschlachtet. Aber vor diesem Kadaver grausten sie sich: Es war ein Bleu-du-Maine-Schaf, eine fruchtbare Rasse mit bläulichem Kopf und vorstehenden Augen. Die Augäpfel des Tieres waren herausgerissen, und auf dem Rand der dunklen Augenhöhlen lagen faserig die Reste der Sehnerven und Muskelstränge.

Graf Nordeck begrüßte die Männer mit einem Nicken, keinem war zum Reden zumute. Er warf einen kurzen Blick auf das Tier und schüttelte den Kopf. Aus der Jackentasche zog er seine Brieftasche hervor, zählte 400 Euro ab und gab das Geld einem der Männer. Es war mehr als das Doppelte des Wertes des Schafes. Einer der Bauern sagte: »Das geht nicht mehr« und sprach damit aus, was alle dachten. Als die Männer vom Hof fuhren, schlug Nordeck den Kragen seines Mantels hoch. ›Die Bauern haben recht‹, dachte er, ›ich muss mit ihm sprechen.‹

—

Angelika Petersson war eine zufriedene, dicke Frau. Seit 22 Jahren war sie Polizistin in Nordeck, noch nie hatte es in ihrer Gemeinde ein Kapitalverbrechen gegeben, und noch nie hatte sie im Einsatz ihre Waffe ziehen müssen. Für heute war die Arbeit erledigt, der Bericht über den betrunkenen Fahrer war fertig. Sie wippte mit ihrem Stuhl hin und her und freute sich trotz des Regens auf das Wochenende. Sie würde endlich dazu kommen, die Fotos vom letzten Urlaub einzukleben.

Als es schellte, stöhnte Petersson. Sie drückte den Summer, und weil niemand durch die Tür kam, erhob sie sich ächzend und schimpfend und ging auf die Straße. Sie wollte den Dorfjungs, die diese dämlichen Klingelstreiche immer noch lustig fanden, die Ohren lang ziehen.

Petersson hätte Philipp von Nordeck beinahe nicht erkannt. Er stand vor der Wache auf dem Bürgersteig. Es goss in Strömen. Die Haare hingen nass und dick in sein Gesicht, die Jacke triefte vor Schlamm und Blut. Das Küchenmesser hielt er so fest umklammert, dass die Knöchel seiner Faust weiß hervortraten, Wasser lief über die Klinge.

Philipp war 19 Jahre alt, Petersson kannte ihn, seit er ein Kind war. Sie ging langsam auf ihn zu und sprach dabei beruhigend und leise, wie sie früher mit den Pferden auf dem Hof ihres Vater gesprochen hatte. Sie nahm ihm das Messer aus der Hand und strich ihm über den Kopf, er ließ es geschehen. Dann legte sie ihm den Arm um die Schultern und führte ihn über die beiden Steinstufen in das niedrige Haus. Sie brachte ihn zur Toilette.

»Jetzt wasch dich erst mal, du siehst furchtbar aus«, sagte sie. Sie war keine Kriminalistin, und Philipp tat ihr einfach leid.

Er ließ lange das heiße Wasser über seine Hände laufen, sie färbten sich rot, der Spiegel beschlug. Dann beugte er sich vor und wusch sein Gesicht, Blut und Dreck flossen in das Waschbecken und verstopften den Abfluss. Er starrte in den Spülstein und flüsterte: »Achtzehn.« Petersson verstand ihn nicht. Sie brachte ihn in die kleine Wachstube zu ihrem Schreibtisch. Es roch nach Tee und Bohnerwachs.

»Jetzt erzähl bitte, was passiert ist«, sagte Petersson und setzte ihn auf den Besucherstuhl. Philipp legte seine Stirn auf die Kante ihres Schreibtisches, schloss die Augen und schwieg.

»Weißt du was, wir rufen deinen Vater an.« Nordeck kam sofort, aber das Einzige, was Philipp sagte, war: »Achtzehn, es war eine Achtzehn.«

Petersson erklärte dem Vater, dass sie die Staatsanwaltschaft benachrichtigen müsse, sie wisse nicht, ob etwas Schlimmes passiert sei, und Philipp sage ja gar nichts Vernünftiges. Nordeck nickte. »Selbstverständlich«, sagte er und dachte: ›Nun ist es eben so weit.‹

—

Der Staatsanwalt setzte zwei Kriminalpolizisten aus der Kreisstadt in Marsch. Als sie ankamen, tranken Petersson und Nordeck in der Amtsstube Tee. Philipp saß vor dem Fenster, er sah nach draußen und reagierte nicht mehr.

Die Beamten sprachen offiziell die vorläufige Festnahme aus und ließen ihn in der Obhut von Petersson. Sie wollten mit Nordeck ins Herrenhaus, um Philipps Zimmer zu durchsuchen. Nordeck zeigte ihnen die zwei Räume im ersten Stock, die sein Sohn bewohnte. Während einer der Beamten sich dort umsah, stand Nordeck mit dem anderen in der Eingangshalle. An den Wänden hingen Hunderte einheimische Geweihe und Trophäen aus Afrika. Es war kalt.

Der Polizist stand vor dem riesigen ausgestopften Kopf eines Schwarzbüffels aus Ostafrika. Nordeck versuchte die Sache mit den Schafen zu erklären. »Es ist so«, sagte er und suchte nach den richtigen Worten. »Philipp hat in den letzten vier Monaten ein paar Schafe getötet. Na ja, er hat ihnen die Kehle durchgeschnitten. Die Bauern haben ihn einmal dabei erwischt und mir das erzählt.«

»Ah ja, die Kehle durch«, sagte der Polizist. »Diese Büffel wiegen über 1.000 Kilo, oder?«

»Ja, sie sind ziemlich gefährlich. Ein Löwe hat keine Chance gegen ein ausgewachsenes Tier.«

»Also, der Junge hat Schafe geschlachtet, ja?« Der Polizist konnte sich kaum von dem Büffel abwenden.

Nordeck hielt das für ein gutes Zeichen. »Ich habe die Schafe natürlich bezahlt, und wir wollten auch etwas mit Philipp unternehmen, aber irgendwie haben wir alle gehofft, dass sich das wieder legt … wir haben uns wohl getäuscht.« Die Sache mit den Stichen und den Augen lasse ich besser weg, dachte Nordeck.

»Warum macht er so was?«

»Ich weiß es nicht«, sagte Nordeck. »Keine Ahnung.«

»Klingt komisch, oder?«

»Ja, klingt komisch. Wir müssen etwas mit ihm unternehmen«, wiederholte Nordeck.

»Sieht so aus. Wissen Sie, was heute passiert ist?«

»Was meinen Sie?«

»Na, war das auch ein Schaf?«, fragte der Beamte. Er kam einfach nicht von dem Büffel los und fasste die Hörner an.

»Ja, einer der Bauern rief vorhin auf meinem Handy an. Er hat wieder eines gefunden.«

Der Beamte nickte abwesend. Er ärgerte sich, dass er den Freitagabend mit einem Schafsmörder verbrachte, aber der Büffel war nicht schlecht. Er fragte Nordeck, ob er am Montag auf die Polizeidirektion in der Kreisstadt kommen könne, um eine kurze Aussage aufzunehmen. Er hatte keine Lust mehr auf den Papierkram, er wollte nach Hause.

»Natürlich«, antwortete Nordeck.

Der zweite Polizist kam die Treppe herunter. In der Hand hatte er eine alte Zigarrenkiste mit gelb-brauner Aufschrift ›Villiger Kiel‹.

»Wir müssen diese Kiste sicherstellen«, sagte er.

Nordeck registrierte, dass die Stimme des Beamten plötzlich einen offiziellen Ton hatte. Auch die Plastikhandschuhe, die er trug, wirkten irgendwie förmlich. »Wenn Sie meinen«, sagte Nordeck. »Was ist da drin? Philipp raucht nicht.«

»Ich habe die Kiste hinter einer losen Fliese im Badezimmer gefunden«, sagte der Polizist. Nordeck ärgerte sich, dass es im Haus überhaupt lose Fliesen gab. Vorsichtig öffnete der Polizist das Kistchen. Sein Kollege und Nordeck beugten sich vor und wichen gleichzeitig zurück.

Die Kiste war mit Plastik ausgelegt und in zwei Fächer unterteilt. Aus jedem Fach starrte ein kaum ausgetrockneter, etwas eingedrückter Augapfel. Auf der Innenseite des Deckels klebte das Foto eines Mädchens – Nordeck erkannte sie sofort: Es war Sabine, die Tochter des Grundschullehrers Gerike. Sie hatte gestern ihren sechzehnten Geburtstag gefeiert, Philipp war dort gewesen und hatte auch früher oft von ihr gesprochen. Nordeck hatte angenommen, sein Sohn habe sich in sie verliebt. Aber jetzt wurde er bleich: Das Mädchen auf dem Bild hatte keine Augen, sie waren herausgeschnitten worden.

Nordeck suchte die Telefonnummer des Lehrers in seinem Adressbuch, seine Hände zitterten. Er hielt den Hörer so, dass die Polizisten mithören konnten. Gerike wunderte sich über den Anruf. Nein, Sabine sei nicht zu Hause. Sie sei direkt im Anschluss an die Geburtstagsfeier zu einer Freundin nach München gefahren. Nein, sie habe sich noch nicht gemeldet, das sei aber nicht ungewöhnlich.

Gerike versuchte Nordeck zu beruhigen: »Es ist sicher alles in Ordnung, Philipp hat sie zum Nachtzug gebracht.«

—

Die Polizei befragte zwei Bahnhofsmitarbeiter, sie stellte Nordecks Haus auf den Kopf, und sie vernahm alle Geburtstagsgäste – es gab keinen Hinweis auf den Verbleib Sabines.

Der Gerichtsmediziner untersuchte die Augen in der Zigarrenkiste, es waren Schafsaugen. Auch das Blut auf Philipps Kleidung stammte von einem Tier.

Ein paar Stunden nach Philipps Festnahme fand ein Bauer noch ein Schaf hinter seinem Hof. Er lud es sich auf die Schultern und trug es im Regen durch die Dorfstraße bis zur Polizeistation. Das Fell des Tieres hatte sich vollgesogen, es war schwer, Blut und Wasser liefen über die Wachsjacke des Bauern. Er warf es auf die Stufen des Polizeireviers, das nasse Fell klatschte gegen die Tür und hinterließ auf dem Holz eine dunkle Spur.

Auf halbem Weg zwischen Herrenhaus und Dorf, das aus etwa zweihundert niedrigen Häusern bestand, zweigte ein schmaler Feldweg ab und führte zu dem verlassenen reetgedeckten Friesenhaus auf dem Deich, das nur ›Dikhüs‹ genannt wurde. Tagsüber war es Mittelpunkt von Kinderspielen, nachts trafen sich Liebespaare unter der Pergola. Man konnte von hier aus das Meer und die Schreie der Möwen hören.

Die Kriminalbeamten fanden im nassen Hafergras das Handy Sabines. Nicht weit davon lag ein Haarreif. Sabine habe ihn am Geburtstagsabend getragen, sagte ihr Vater. Das Gebiet wurde abgesperrt, und eine Hundertschaft Polizisten durchkämmte das Marschland. Sie hatten Leichenhunde mitgebracht. Beamte der Spurensicherung wurden angefordert und suchten in weißen Tyvekanzügen nach weiteren Beweismitteln. Aber sie fanden nichts mehr.

Mit den vielen Polizisten kam auch die Presse nach Nordeck, und jeder, der sich auf der Straße zeigte, wurde interviewt. Kaum einer ging mehr aus dem Haus, die Vorhänge wurden zugezogen, und selbst der Dorfkrug blieb leer. Nur die Journalisten mit den bunten Umhängetaschen saßen in der Kneipe. Sie hatten ihre Laptops aufgeklappt, fluchten über langsame Internetverbindungen und erzählten sich Nachrichten, die es nicht gab.

Seit Tagen regnete es ununterbrochen, nachts drückte der Nebel auf die niedrigen Dächer, und selbst das Vieh schien mürrisch zu werden. Die Bewohner des Dorfs besprachen die Sache und grüßten Nordeck nicht mehr, wenn sie ihn sahen.

Am fünften Tag nach Philipps Festnahme verfügte der Pressesprecher der Staatsanwaltschaft die Veröffentlichung eines Fotos von Sabine und einen Suchaufruf in den Zeitungen. Einen Tag später hatte jemand mit roter Farbe an das Tor des Herrenhauses »Mörder« geschmiert.

Philipp war im Gefängnis. Die ersten drei Tage redete er kaum, und wenn er etwas von sich gab, war es unverständlich. Am vierten Tag kam er zu sich. Die Polizisten vernahmen ihn, er war offen und beantwortete ihre Fragen. Nur wenn sie über die Schafe sprechen wollten, senkte er den Kopf und schwieg. Die Beamten interessierten sich natürlich mehr für Sabine, aber Philipp erklärte immer wieder, er habe sie zum Bahnhof gebracht. Zuvor sei man zum Dikhüs gegangen und habe miteinander gesprochen. »Wie Freunde«, sagte er. Vielleicht habe sie dabei Haarreif und Telefon verloren. Er habe ihr nichts getan. Mehr war aus ihm nicht herauszubringen. Mit dem Psychiater wollte er nicht sprechen.

—

Staatsanwalt Krauther leitete die Ermittlungen. Er schlief in diesen Tagen so schlecht, dass seine Frau ihm beim Frühstück sagte, er knirsche nachts mit den Zähnen. Sein Problem war, dass eigentlich bisher nichts passiert war. Philipp von Nordeck hatte einige Schafe getötet, aber das war nur eine Sachbeschädigung und ein Verstoß gegen das Tierschutzgesetz. Finanzieller Schaden war nicht entstanden, die Schafe waren von seinem Vater bezahlt worden, und keiner der Bauern hatte Strafanzeige gestellt. Sabine war zwar nicht bei ihrer Freundin in München angekommen. »Aber sie ist ein junges Mädchen, und dass sie sich nicht meldet, kann tausend harmlose Gründe haben«, sagte Krauther zu seiner Frau. Dass Philipp das Mädchen umgebracht hatte, ließ sich kaum mit der Zigarrenkiste begründen, auch wenn der Ermittlungsrichter bisher seinem Haftantrag gefolgt war. Krauther fühlte sich unwohl.

Weil es hier auf dem Land nicht viele Fälle gab, die solche Fragen aufwarfen, war zumindest die körperliche Untersuchung Philipps schnell gegangen. Es wurden keine hirnorganischen Defekte, keine Erkrankung des zentralen Nervensystems und keine Anomalie im Chromosomenstatus festgestellt. ›Aber‹, dachte Krauther, ›natürlich ist er völlig verrückt.‹

Als ich den Staatsanwalt das erste Mal traf, waren seit der Verhaftung sechs Tage vergangen, die Haftprüfung sollte am nächsten Tag stattfinden. Krauther sah müde aus, aber er schien froh, seine Überlegungen mit jemandem teilen zu können. »Perversionen«, sagte er, »tendieren nach Rasch dazu, sich zu steigern. Wenn seine Opfer bisher nur Schafe waren, könnten es jetzt nicht auch Menschen sein?«

Wilfried Rasch galt bis zu seinem Tod als Nestor der forensischen Psychiatrie. Die Ansicht, dass Perversionen mit der Zeit stärker werden, ist eine seiner wissenschaftlichen Theorien. Aber nach allem, was wir bisher von den Taten Philipps wussten, schien es mir unwahrscheinlich, dass es überhaupt eine Perversion war.

Vor dem Gespräch mit Krauther hatte ich mit dem Tierarzt gesprochen, der im Auftrag Nordecks die Kadaver vernichtet hatte. Die Polizei hatte anderes zu tun gehabt, als diesen Mann zu vernehmen, vielleicht hatte auch einfach niemand daran gedacht. Der Tierarzt war ein sorgfältiger Beobachter, und die Vorfälle waren ihm so seltsam erschienen, dass er über jedes tote Schaf einen kurzen Bericht verfasst hatte. Ich übergab seine Aufzeichnungen dem Staatsanwalt, der sie kurz überflog. Jedes der Schafe wies achtzehn Stiche auf. Krauther sah mich an. Auch die Polizistin hatte davon gesprochen, dass Philipp immer nur ›Achtzehn‹ gesagt habe. Es konnte also etwas mit der Zahl zu tun haben.

Ich sagte, dass ich nicht glaube, dass Philipps Sexualität gestört sei. Der Gerichtsmediziner hatte das letzte Schaf untersucht, aber er hatte keine Hinweise gefunden, dass Philipp das Töten der Tiere sexuell erregt hatte. Es wurde kein Sperma gefunden und keine Anzeichen, dass er die Schafe penetriert hatte.

»Ich denke nicht, dass Philipp pervers ist«, sagte ich.

»Was denn dann?«

»Wahrscheinlich ist er schizophren«, sagte ich.

»Schizophren?«

»Ja, er hat vor irgendetwas Angst.«

»Das mag ja sein. Aber er spricht nicht mit dem Psychiater«, sagte Krauther.

»Das muss er auch nicht«, entgegnete ich. »Es ist doch ganz einfach, Herr Krauther. Sie haben nichts. Sie haben keine Leiche, und Sie haben keine Beweise für ein Verbrechen. Sie haben noch nicht einmal Hinweise. Sie haben Philipp von Nordeck einsperren lassen, weil er Schafe getötet hat. Aber der Haftbefehl ist wegen Totschlags von Sabine Gericke erlassen worden. Was für ein Unsinn. Er ist nur deshalb in Haft, weil Sie ein schlechtes Gefühl haben.«

Krauther wusste, dass ich recht hatte. Und ich wusste, dass er es wusste. Manchmal ist es leichter, Verteidiger als Staatsanwalt zu sein. Meine Aufgabe war es, parteiisch zu sein und mich vor meinen Mandanten zu stellen. Krauther musste neutral bleiben. Er konnte es nicht. »Wenn nur das Mädchen wieder auftauchen würde«, sagte er.

Krauther saß mit dem Rücken zum Fenster. Der Regen schlug gegen die Scheiben und lief in breiten Bahnen an ihnen herunter. Er drehte sich auf seinem Bürostuhl und folgte meinem Blick nach draußen in den grauen Himmel. Wir saßen fast fünf Minuten nur da, sahen in den Regen, und keiner von uns sprach ein Wort.

—

Ich übernachtete bei den Nordecks; das letzte Mal war ich vor 19 Jahren bei Philipps Taufe dort gewesen. Beim Abendessen wurde eine Scheibe mit einem Stein eingeworfen. Nordeck sagte, es sei die fünfte in dieser Woche, es habe keinen Sinn, deshalb die Polizei zu rufen. Nur meinen Wagen solle ich in eine der Scheunen auf dem Hof fahren, sonst wären morgen die Reifen zerschnitten.

Als ich gegen Mitternacht in meinem Bett lag, kam Philipps Schwester Viktoria ins Zimmer. Sie war fünf Jahre alt und trug einen sehr bunten Schlafanzug. »Kannst du Philipp wiederbringen?«, fragte sie. Ich stand auf, nahm sie auf meine Schultern und brachte sie zurück ins Bett. Die Türen waren hoch genug, sodass sie sich nicht den Kopf anstieß, einer der wenigen Vorteile eines alten Hauses. Ich setzte mich auf ihr Bett und deckte sie zu.

»Hast du schon einmal einen Schnupfen gehabt?«, fragte ich sie.

»Ja.«

»Weißt du, Philipp hat so etwas wie Schnupfen im Kopf. Er ist ein bisschen krank und muss gesund werden.«

»Wie niest er *im* Kopf?«, fragte sie. Mein Beispiel war offensichtlich nicht besonders glücklich.

»Man kann nicht im Kopf niesen. Philipp ist einfach durcheinander. Vielleicht so, wie wenn du schlecht träumst.«

»Aber wenn ich aufwache, ist es wieder gut«, sagte sie.

»Genau. Philipp muss wieder richtig wach werden.«

»Bringst du ihn wieder?«

»Ich weiß nicht«, sagte ich. »Ich werde es versuchen.«

»Nadine hat gesagt, Philipp hat was Böses gemacht.«

»Wer ist Nadine?«

»Nadine ist meine beste Freundin.«

»Philipp ist nicht böse, Viktoria. Du musst jetzt schlafen.«

Viktoria wollte nicht schlafen. Sie war nicht zufrieden, dass ich so wenig wusste. Sie machte sich um ihren Bruder Sorgen. Dann wollte sie, dass ich ihr eine Geschichte erzähle. Ich erfand eine, in der keine Schafe und keine Krankheiten vorkamen. Als sie eingeschlafen war, holte ich die Akte und meinen Laptop und arbeitete in ihrem Zimmer bis zum Morgen. Sie erwachte noch zweimal, setzte sich kurz auf, sah mich an und schlief dann weiter. Gegen sechs Uhr lieh ich mir ein Paar der in der Halle herumstehenden Gummistiefel des Hausherrn und ging in den Hof, um eine Zigarette zu rauchen. Es war nasskalt, ich war übernächtigt, und es blieben nur noch acht Stunden bis zur Haftprüfung.

Von Sabine gab es auch an diesem Tag keine Spur. Sie war nun seit einer Woche verschwunden. Staatsanwalt Krauther beantragte Haftfortdauer.

Haftprüfungen sind meistens unerfreuliche Termine. Im Gesetz heißt es, dass zu prüfen sei, ob gegen den Inhaftierten ein sogenannter dringender Tatverdacht besteht. Das klingt eindeutig und klar, ist aber in der Realität kaum zu fassen. Die Ermittlungen haben zu diesem Zeitpunkt oft gerade erst begonnen, das Verfahren steht am Anfang, und vieles ist noch unübersichtlich. Der Richter darf es sich nicht leicht machen, er hat über die Freiheit eines vielleicht unschuldigen Menschen zu entscheiden. Haftprüfungen sind viel weniger förmlich als Hauptverhandlungen, die Öffentlichkeit bleibt ausgeschlossen, Richter, Staatsanwälte und Verteidiger tragen keine Roben, und in der Praxis ist es ein ernstes Gespräch über die Frage der Haftfortdauer.

Der Ermittlungsrichter in der Strafsache gegen Philipp von Nordeck war ein junger Mann, der gerade erst seine Probezeit hinter sich hatte. Er war nervös, er wollte keine Fehler machen. Nach einer halben Stunde sagte er, er habe die Argumente gehört, seine Entscheidung ergehe im »Dezernatswege«. Das bedeutete, dass er die 14-Tages-Frist ausnutzen wollte, um weitere Ermittlungen abzuwarten. Es war für alle unbefriedigend.

Als ich das Amtsgericht verließ, schüttete es noch immer.

—

Sabine saß auf einer Holzbank im Zwischendeck der Fähre zwischen Kollund und Flensburg. Sie hatte in dem Badeort, der nicht viel mehr als ein Möbelgeschäft und einen kleinen Strand bot, eine glückliche, wenn auch verregnete Woche mit Lars verbracht. Lars war ein junger Bauarbeiter, auf seinen Rücken war der Name seines Fußballclubs tätowiert. Sabine hatte die Woche mit ihm ihren Eltern verschwiegen, ihr Vater mochte Lars nicht. Ihre Eltern vertrauten ihr, sie dachte, sie würden ohnehin nicht von sich aus anrufen.

Lars hatte sie zum Schiff gebracht, und nun hatte Sabine Angst. Schon als sie die kleine Fähre bestieg, hatte der Mann mit dem zerschlissenen Jackett sie angestarrt. Noch immer sah er ihr direkt ins Gesicht, und nun kam er auch noch auf sie zu. Sie wollte gerade aufstehen und weggehen, als der Mann sagte: »Sind Sie Sabine Gerike?«

»Ähm, ja.«

»Um Himmels willen, Mädchen, rufen Sie sofort zu Hause an, Sie werden überall gesucht. Schauen Sie mal hier in die Zeitung.«

Kurz darauf klingelte das Telefon bei Sabines Eltern, und eine halbe Stunde später rief mich Staatsanwalt Krauther an. Sabine, sagte er, sei nur mit ihrem Freund ausgebüxt, sie werde am Nachmittag zurückerwartet. Philipp würde entlassen, er müsse aber unbedingt in psychiatrische Behandlung. Das hatte ich ohnehin bereits mit Philipp und seinem Vater vereinbart. Krauther nahm mir das Versprechen ab, mich darum zu kümmern.

—

Ich holte Philipp aus der Justizvollzugsanstalt ab, die aussah wie ein Gebäude aus einem Anker-Steinbausatz. Natürlich freute sich Philipp, in Freiheit zu sein, und darüber, dass es

Sabine gut ging. Auf dem Rückweg zu seinem Elternhaus fragte ich ihn, ob er Lust habe, noch etwas spazieren zu gehen. Wir hielten an einem Feldweg. Über uns wölbte sich Emil Noldes weiter Himmel, der Regen hatte aufgehört, und man hörte Möwen kreischen. Wir redeten über sein Internat, über seine Liebe zu Motorrädern und über die Musik, die er zurzeit hörte. Plötzlich sagte er aus dem Nichts, was er dem Psychiater nicht hatte sagen wollen:

»Ich sehe Menschen und Tiere als Zahlen.«

»Wie meinst du das?«

»Wenn ich irgendein Tier sehe, hat es eine Zahl. Die Kuh dort hinten ist zum Beispiel eine 36. Die Möwe eine 22. Der Richter war eine 51, der Staatsanwalt eine 23.«

»Überlegst du das?«

»Nein, ich sehe es. Ich sehe es sofort. So, wie andere ein Gesicht sehen. Ich denke nicht darüber nach, es ist einfach da.«

»Habe ich auch eine Zahl?«

»Ja, fünf. Eine gute Zahl.« Wir mussten beide lachen. Es war das erste Mal seit seiner Inhaftierung. Wir gingen eine Zeit lang schweigend nebeneinander.

»Philipp, was ist mit der 18?«

Er sah mich erschrocken an. »Wieso 18?«

»Du hast der Polizistin die Zahl genannt, und du hast die Schafe mit 18 Stichen getötet.«

»Nein, das stimmt nicht. Ich habe sie erst getötet und sie dann in jede Seite und in den Rücken je sechsmal gestochen. Ich musste auch die Augen rausnehmen. Das war sehr schwierig, die ersten sind dabei kaputtgegangen.« Philipp begann zu zittern. Dann stieß er hervor:

»Ich habe Angst vor der Achtzehn. Es ist der Teufel. Dreimal die sechs. Achtzehn. Verstehst du?«

Ich sah ihn fragend an.

»Die Apokalypse, der Antichrist. Es ist die Zahl des Tieres und des Teufels«, schrie er fast.

Tatsächlich ist 666 eine biblische Zahl, die in der Offenbarung des Johannes vorkommt. Dort heißt es: ›Hier ist die Weisheit. Wer Verständnis hat, berechne die Zahl des Tieres, denn es ist eines Menschen Zahl; und seine Zahl ist 666.‹ Volkstümlich glaubte man, der Evangelist habe damit den Teufel bezeichnet.

»Wenn ich die Schafe nicht töte, werden die Augen das Land verbrennen. Die Augäpfel sind die Sünde, sie sind die Äpfel vom Baum der Erkenntnis, sie werden alles zerstören.« Philipp begann zu weinen, hemmungslos wie ein Kind, er zitterte am ganzen Körper.

»Philipp, hör mir bitte zu. Du hast Angst vor den Schafen und ihren scheußlichen Augen. Das kann ich verstehen. Aber die ganze Sache mit der Offenbarung des Johannes ist völliger Unsinn. Johannes meinte mit der 666 nicht den Teufel, sondern es war eine versteckte Anspielung auf den römischen Kaiser Nero.«

»Was?«

»Wenn man die Zahlenwerte der hebräischen Schreibweise für Kaiser Nero addiert, erhält man die Summe 666. Das ist alles. Johannes konnte das nur nicht schreiben, er musste es chiffrieren. Es hat nichts mit dem Antichristen zu tun.«

Philipp weinte noch immer. Es hatte keinen Sinn, ihm zu sagen, dass nirgendwo in der Bibel von einem Apfelbaum im

Paradies die Rede ist. Philipp lebte in seiner eigenen Welt. Irgendwann beruhigte er sich, und wir gingen zurück zum Wagen. Die Luft war klar gewaschen und schmeckte nach Salz. »Ich habe noch eine Frage«, sagte ich nach einiger Zeit.

»Ja?«

»Was hat das alles mit Sabine zu tun? Warum hast du das mit ihren Augen gemacht?«

»Ein paar Tage vor ihrem Geburtstag habe ich ihre Augen in meinem Zimmer gesehen«, sagte Philipp. »Sie hatte Schafsaugen bekommen. Und dann ist es mir klar geworden. Ich habe ihr das an dem Abend ihres Geburtstages im Dikhüs gesagt, aber sie wollte es nicht hören. Sie bekam Angst.«

»Was ist dir klar geworden?«, fragte ich.

»Ihr Vor- und Familienname besteht aus je sechs Buchstaben.«

»Wolltest du sie töten?«

Philipp sah mich lange an. Dann sagte er: »Nein, ich will keine Menschen töten«.

—

Eine Woche später brachte ich Philipp in eine psychiatrische Klinik in der Schweiz. Er wollte nicht, dass sein Vater mitkam. Nachdem wir seine Koffer ausgepackt hatten, empfing uns der Leiter des Krankenhauses und zeigte uns die hellen und modernen Gebäude. Philipp war dort gut untergebracht, sofern man das von einer Nervenheilanstalt überhaupt sagen kann.

Ich hatte lange mit dem Chefarzt telefoniert. Auch er war aus der Ferne der Ansicht, dass alles für eine paranoide Schizophrenie sprach. Die Krankheit ist nicht selten, man geht davon aus, dass etwa ein Prozent der Bevölkerung daran einmal im Leben leidet. Oft tritt sie in Schüben auf und führt dann zu formalen und inhaltlichen Denk- und Wahrnehmungsstörungen. Die meisten Patienten hören Stimmen, viele glauben, sie würden verfolgt, seien an Naturkatastrophen schuld, oder sie werden, wie bei Philipp, von Wahnvorstellungen gequält. Man behandelt die Krankheit mit Medikamenten und langen Therapien. Die Patienten müssen Vertrauen haben und sich öffnen. Die Chancen auf eine vollständige Heilung liegen bei etwa dreißig Prozent.

Am Ende der Führung brachte Philipp mich zur Pforte. Er war nur noch ein einsamer, trauriger und ängstlicher Junge. Er sagte: »Du hast mich nie gefragt, was ich für eine Zahl bin.«

»Stimmt. Und, welche Zahl bist du?«

»Grün«, sagte er, drehte sich um und ging zurück in die Klinik.

Der Dorn

Feldmayer hatte in seinem Leben schon viele Jobs gehabt. Er war Briefausträger, Kellner, Fotograf, Pizzabäcker und ein halbes Jahr lang Schmied gewesen. Mit 35 Jahren bewarb er sich auf eine Stelle als Wächter im städtischen Antikenmuseum und wurde zu seiner Verwunderung eingestellt.

Nachdem er alle Formulare ausgefüllt, die Fragen beantwortet und Lichtbilder für den Hausausweis abgegeben hatte, händigte man ihm in der Kleiderkammer drei graue Uniformen, sechs mittelblaue Hemden und zwei Paar schwarze Schuhe aus. Ein zukünftiger Kollege führte ihn durch das Gebäude, zeigte ihm Kantine, Ruheraum und Toiletten und erklärte die Bedienung der Stechuhr. Am Schluss sah er den Raum, den er später zu bewachen hatte.

Während Feldmayer durch das Museum ging, ordnete Frau Truckau, eine der beiden Angestellten in der Personalabteilung, seine Unterlagen, schickte einen Teil an die Buchhaltung und legte eine Handakte an. Die Namen der Wächter waren auf Kärtchen zu übertragen und in einen Karteikasten einzusortieren. Alle sechs Wochen wurden die Mitarbeiter so in neuer Reihenfolge einem anderen städtischen Museum zugewiesen, um ihren Dienst abwechslungsreicher zu gestalten.

Frau Truckau dachte an ihren Freund. Er hatte ihr gestern in dem Café, in dem sie sich seit fast acht Monaten nach der Arbeit trafen, einen Heiratsantrag gemacht. Er war rot geworden und hatte gestottert, seine Hände waren feucht gewesen, die Umrisse hatten sich auf dem Marmortischchen abgebildet. Sie war vor Freude aufgesprungen, hatte ihn vor allen Leuten geküsst, und dann waren sie bis zu seiner Wohnung gerannt. Jetzt war sie todmüde und übervoll von Plänen; gleich würde sie ihn wiedersehen, er hatte versprochen, sie abzuholen. Sie verbrachte eine halbe Stunde auf der Toilette, spitzte Bleistifte, sortierte Büroklammern, trödelte auf dem Flur, und schließlich hatte sie es geschafft. Sie warf sich ihre Jacke über, rannte die Stufen bis zum Ausgang runter und fiel in seine Arme. Frau Truckau hatte vergessen, das Fenster zu schließen.

Als später die Putzfrau die Bürotür öffnete, erfasste ein Windstoß die halb ausgefüllte Karteikarte. Sie wurde zu Boden geweht und aufgefegt. Am nächsten Tag dachte Frau Truckau an alles Mögliche, nur nicht an Feldmayers Karteikarte. Sein Name wurde nicht in den Rotationskasten einsortiert, und als Frau Truckau ein Jahr später wegen ihres Babys aus dem Dienst ausschied, hatte man ihn vergessen.

Feldmayer beschwerte sich nie.

—

Die Halle war fast leer, acht Meter hoch und etwa 150 Quadratmeter groß. Die Wände und halbrunden Decken bestanden aus Ziegelmauerwerk, dessen Rot von einer Kalkschwemmschicht gedämpft wurde und warm hervortrat. Der Boden war mit graublauem Marmor ausgelegt. Es war der letzte von zwölf aufeinanderfolgenden Sälen in einem Seitenflügel des Museums. Im Zentrum der Halle stand die Büste, sie war auf einen grauen Steinsockel montiert. Unter dem mittleren der drei hohen Fenster war der Stuhl, auf der linken Fensterbank befand sich ein Luftfeuchtigkeitsmesser unter einer Glashaube. Er tickte leise. Vor dem Fenster lag ein Innenhof mit einer einzelnen Kastanie. Der nächste Wächter versah vier Räume weiter seinen Dienst, manchmal konnte Feldmayer das entfernte Quietschen der Gummisohlen auf dem Steinfußboden hören. Ansonsten war es still. Feldmayer setzte sich und wartete.

In den ersten Wochen war er unruhig, stand alle fünf Minuten auf, lief in seinem Saal hin und her, zählte seine Schritte und freute sich über jeden Besucher. Feldmayer suchte nach Arbeit. Er vermaß seine Halle, als einziges Hilfsmittel benutzte er ein Holzlineal, das er von zu Hause mitgebracht hatte. Zuerst nahm er Länge und Breite einer Marmorbodenplatte und errechnete daraus die Größe des Fußbodens. Dann bemerkte er, dass er die Fugen vergessen hatte, maß auch diese aus und zählte sie hinzu. Die Wände und Decken waren schwieriger, aber Feldmayer hatte genügend Zeit.

Er führte ein Schulheft, in das er jede Berechnung eintrug. Er vermaß die Türen und deren Kassetten, die Aussparungen für die Schlösser, die Länge der Klinke, die Fußbodenleisten, die Heizkörperverkleidungen, die Fenstergriffe, den Abstand der Doppelscheiben, den Umfang des Luftfeuchtigkeitsmessgeräts und die Lichtschalter. Er wusste, wie viel Kubikmeter Luft in dem Raum waren, wie weit und bis zu welcher Platte die Sonnenstrahlen an welchem Tag des Jahres in den Saal fielen, er kannte die durchschnittliche Luftfeuchtigkeit und deren Abweichungen morgens, mittags und abends. Er verzeichnete, dass die zwölfte Fuge, vom Eingang aus gezählt, einen halben Millimeter schmaler war. Der zweite Fenstergriff links hatte auf der Unterseite einen blauen Farbspritzer, den er nicht erklären konnte, denn es gab nichts Blaues in der Halle. Die Heizkörperverkleidung war an einer Stelle nicht ganz vollständig lackiert worden, und es gab drei stecknadelgroße Löcher in den Ziegeln der hinteren Wand.

Feldmayer zählte die Besucher. Wie lange waren sie in seinem Saal, von welcher Seite aus sahen sie die Statue an, wie oft blickten sie aus dem Fenster, wer nickte ihm zu. Er stellte Statistiken über männliche und weibliche Besucher auf, über Kinder, Klassen und Lehrer, über die Farbe der Jacken, Hemden, Mäntel, Pullover, Hosen, Röcke und Strümpfe der Besucher. Er zählte, wie oft jemand in seiner Halle atmete, hielt fest, welche Marmorplatte wie oft betreten wurde, wie viele und welche Worte gesprochen wurden. Es gab eine Statistik zur Haar-, Augen- und Hautfarbe, eine weitere für Schals, Handtaschen und Gürtel und eine andere für Glatzen, Bärte und Eheringe. Er zählte die Fliegen und versuchte, das System ihrer Flugbewegungen und Landeplätze zu erfassen.

—

Das Museum veränderte Feldmayer. Es hatte damit begonnen, dass er abends den Ton seines Fernsehers nicht mehr ertrug. Er ließ ihn noch ein halbes Jahr stumm laufen, dann schaltete er ihn gar nicht mehr ein, und schließlich schenkte er ihn dem Studentenpärchen, das auf dem Flur gegenüber eingezogen war. Das Nächste waren die Bilder. Er hatte ein paar Kunstdrucke, ›Äpfel und Tuch‹, ›Sonnenblumen‹ und ›Der Watzmann‹. Irgendwann irritierten ihn die Farben, er hängte die Bilder ab und brachte sie zum Müll. Nach und nach leerte er seine Wohnung: Illustrierte, Vasen, Aschenbecher mit Verzierungen, Untersetzer, eine lila Überwurfdecke und zwei Teller mit Motiven aus Toledo. Feldmayer warf alles weg. Er nahm die Tapeten ab, spachtelte die Wände glatt und kalkte sie weiß, er entfernte den Teppich und schliff die Dielen ab.

Nach ein paar Jahren folgte Feldmayers Leben einem immer gleichen Rhythmus. Er stand jeden Morgen um sechs Uhr auf. Dann ging er, ohne sich um das Wetter zu kümmern, fünftausendvierhundert Schritte auf einem Rundweg durch den Stadtgarten. Er ging gemächlich und wusste, wann die Ampel vor dem Straßenübergang auf Grün springen würde. Wenn er es einmal nicht schaffte, den Rhythmus zu halten, war ihm den Rest des Tages unwohl.

Jeden Abend zog er sich eine alte Hose an und polierte auf den Knien den Dielenboden in der Wohnung – eine anstrengende Arbeit, die fast eine Stunde dauerte und ihn befriedigte. Er machte sorgfältig die Hausarbeit und hatte einen ruhigen, tiefen Schlaf. Sonntags kehrte er in der immer gleichen Gastwirtschaft ein, bestellte ein Hühnchen und trank dazu zwei Bier. Meist unterhielt er sich noch mit dem Wirt, mit dem er schon auf die Schule gegangen war.

Vor dem Museum hatte Feldmayer regelmäßig Freundinnen gehabt, dann interessierten sie ihn immer weniger. Sie waren ihm einfach »zu viel«, wie er dem Wirt sagte. »Sie sind laut und stellen Fragen, auf die ich keine Antworten weiß, und von der Arbeit kann ich auch nichts erzählen.«

Feldmayers einziges Hobby war die Fotografie, er besaß eine schöne Leica, die er preiswert gebraucht gekauft hatte, er hatte in einem seiner Berufe gelernt, Fotos selbst zu entwickeln. In der Abstellkammer seiner Wohnung hatte er sich eine Dunkelkammer eingerichtet, aber nach den Jahren im Museum waren ihm die Motive ausgegangen.

Mit seiner Mutter telefonierte er regelmäßig und besuchte sie alle drei Wochen. Nach ihrem Tod hatte er keine Verwandten mehr. Feldmayer kündigte seinen Telefonanschluss.

Sein Leben floss ruhig dahin, er mied jede Aufregung. Er war weder glücklich noch unglücklich – Feldmayer war mit seinem Leben zufrieden.

Bis er sich mit der Plastik beschäftigte.

—

Es war ein ›Dornauszieher‹, ein Motiv der Antike. Ein nackter Knabe sitzt auf einem Felsblock, er beugt seinen Rücken nach vorne, das linke Bein hat er angewinkelt und über den rechten Oberschenkel gelegt. Mit der linken Hand hält er den Rist des linken Fußes, mit der rechten Hand zieht er einen Dorn aus seiner Fußsohle. Die Marmorfigur in Feldmayers Halle war eine römische Stilisierung des griechischen Originals. Sie war nicht besonders wertvoll, es gibt unzählige Kopien.

Feldmayer hatte die Figur längst vermessen, er hatte über sie alles gelesen, was er finden konnte, und er hätte sogar den Schatten, den die Figur auf den Boden warf, aus dem Kopf zeichnen können. Aber irgendwann zwischen dem siebten und achten Jahr im Museum, ganz genau wusste er das nicht mehr, begann alles. Feldmayer saß auf seinem Stuhl und sah die Büste an, ohne sie wirklich zu sehen. Plötzlich fragte er sich, ob der Knabe den Dorn in seinem Fuß gefunden habe. Er wusste nicht, woher die Frage kam, sie war einfach da, und sie verschwand nicht mehr.

Er ging zu der Figur und untersuchte sie. Er konnte den Dorn im Fuß nicht finden. Feldmayer wurde nervös, ein Gefühl, das er seit Jahren nicht mehr kannte. Je länger er hinsah, desto unklarer schien es ihm, ob der nackte Knabe den Dorn überhaupt zu fassen bekommen hatte. In dieser Nacht schlief Feldmayer schlecht. Am nächsten Morgen ließ er den Rundgang durch den Stadtgarten ausfallen und verschüttete seinen Kaffee. Er kam zu früh zum Museum und musste eine halbe Stunde bis zur Öffnung des Personaleingangs warten.

In seiner Tasche hatte er eine Lupe. Er rannte fast in seinen Saal, mit der Lupe untersuchte er die Büste Millimeter für Millimeter. Er fand keinen Dorn, weder zwischen Daumen und Zeigefinger des Knaben noch in seinem Fuß. Feldmayer überlegte, ob der Knabe den Dorn vielleicht schon fallen gelassen hatte. Er rutschte auf den Knien um die Statue und suchte den Boden ab. Dann wurde ihm schlecht, und er übergab sich auf der Toilette.

Feldmayer wünschte sich, er hätte die Sache mit dem Dorn nie entdeckt.

In den folgenden Wochen ging es mit ihm bergab. Er saß jeden Tag mit dem Knaben in der Halle und grübelte. Er stellte sich vor, wie der Junge gespielt hatte, vielleicht Verstecken oder Fußball. ›Nein‹, dachte Feldmayer dann, der darüber gelesen hatte, ›es war sicher ein Wettrennen. So was haben die in Griechenland dauernd gemacht.‹ Und dann war der Knabe in einen winzigen Stachel getreten. Es hatte geschmerzt, er hatte nicht mehr auftreten können. Die anderen waren vorausgelaufen, aber er hatte sich auf den Stein setzen müssen. Und dieser verdammte unsichtbare Dorn steckte nun seit Jahrhunderten in dem Fuß und ließ sich nicht herausziehen. Feldmayer wurde immer unruhiger. Nach ein paar Monaten hatte er schon beim Aufwachen Beklemmungen. Er drückte sich morgens lange im Aufenthaltsraum herum, und ausgerechnet er, den die Kollegen hinter seinem Rücken den ›Mönch‹ nannten, schwätzte in der Kantine mit jedem und tat alles, um möglichst spät in seine Halle zu kommen. Wenn er dann bei dem Knaben war, konnte er ihn nicht ansehen.

Es wurde schlimmer. Feldmayer hatte Schweißausbrüche, bekam Herzrasen und kaute seine Fingernägel ab. Er konnte kaum noch schlafen, wenn er einnickte, hatte er Albträume und wachte klatschnass auf. Sein äußeres Leben war nur noch Hülle. Bald glaubte er, der Dorn sei in seinem Kopf, dort wachse er immer weiter. Der Dorn kratzte an der Innenwand seines Schädels, Feldmayer konnte das Geräusch *hören*. Alles, was bis dahin in seinem Leben leer, ruhig und geordnet war, verwandelte sich in ein Chaos aus spitzen Stacheln. Und es gab keine Befreiung. Er konnte nichts mehr riechen, und er hatte Schwierigkeiten zu atmen. Manchmal bekam er so wenig Luft, dass er, was streng verboten war, eines der Fenster im Saal aufriss. Er aß nur noch winzige Portionen, weil er meinte, er müsse daran ersticken. Er war überzeugt, dass der Fuß des Jungen sich entzündet hatte, und wenn er kurz hinsah, war er sich sicher, dass der Knabe jeden Tag ein Stück größer wurde. Er musste ihn befreien, ihn von dem Schmerz erlösen. Und so kam Feldmayer die Idee mit den Reißnägeln.

—

In einem Geschäft für Bürobedarf erstand er eine Kiste Reißnägel mit gut sichtbaren Köpfchen in einem grellen Gelb. Er kaufte die kleinsten, die er finden konnte, es sollte nicht zu sehr schmerzen. Drei Straßen weiter befand sich ein Schuhgeschäft. Feldmayer musste nicht lange warten: Ein dürrer Mann probierte den Schuh, schrie vor Schmerz, hüpfte auf einem Bein zur Bank und zog sich fluchend einen gelben Reißnagel aus dem Fußballen. Er hielt ihn zwischen Daumen und Zeigefinger gegen das Licht und zeigte ihn den anderen Kunden.

Feldmayers Gehirn setzte beim Anblick der herausgezogenen Reißzwecke so viele Endorphine frei, dass es ihn fast umriss. Das reine Glück überschwemmte ihn für Stunden, alle Beklemmung und Ohnmacht verschwanden mit einem Schlag, er wollte den verletzten Mann und die ganze Welt umarmen. Nach dem Rausch schlief er seit Monaten wieder eine ganze Nacht durch und hatte dabei einen immer wiederkehrenden Traum: Der Knabe zog den Dorn heraus, stand auf, lachte und winkte ihm zu.

Nur zehn Tage vergingen, bis ihm der Dornauszieher erneut vorwurfsvoll seinen verletzten Fuß entgegenhielt. Feldmayer stöhnte, aber er wusste, was er zu tun hatte, das Kistchen Reißnägel hatte er noch in der Tasche.

—

Seit 23 Jahren stand er jetzt im Dienst des Museums, und nun würde in ein paar Minuten seine Zeit enden. Feldmayer stand auf und schüttelte seine Beine aus, sie waren in letzter Zeit öfter taub vom langen Sitzen. Es blieben nur noch zwei Minuten, dann wäre alles zu Ende. Er stellte den Stuhl unter das mittlere Fenster, wie er ihn damals an seinem ersten Tag vorgefunden hatte, rückte ihn zurecht und wischte ihn mit seinem Jackenärmel ab. Dann ging er ein letztes Mal zur Büste.

Er hatte den Dornauszieher in den vergangenen 23 Jahren nie berührt. Und nichts von dem, was jetzt geschah, hatte Feldmayer geplant. Er sah sich selbst, wie er die Büste mit beiden Händen umgriff, er spürte den glatten, kühlen Marmor, als er sie vom Sockel nahm. Sie war schwerer, als er erwartet hatte. Er hielt sie vor sein Gesicht, sie war jetzt ganz nah, und dann hob er sie weit und immer weiter über seinen Kopf, er stand auf den Zehenspitzen und streckte sie, so hoch er konnte. In dieser Haltung hielt er es fast eine Minute lang aus, dann begann er zu zittern. Er atmete, so tief er konnte, ein, schleuderte die Büste mit aller Wucht zu Boden und schrie. Feldmayer schrie so laut, wie er noch nie in seinem Leben geschrien hatte. Sein Schrei hallte durch die Säle, er wurde von Wand zu Wand weitergetragen, und er war so fürchterlich, dass die Bedienung im Museumscafé neun Räume weiter ein volles Tablett fallen ließ. Die Plastik zerbrach mit einem dunklen Knall auf dem Boden, eine Marmorplatte riss.

Und dann geschah etwas Seltsames. Feldmayer schien es, als würde das Blut in seinen Adern die Farbe wechseln, es wurde hellrot, er spürte, wie es sich vom Magen aus pulsierend durch seinen ganzen Körper bis in die Finger- und Zehenspitzen ausbreitete, es erleuchtete ihn von innen. Die zersprungene Platte, die Vertiefungen in den Ziegelwänden und die Staubkörner wurden plastisch, alles wölbte sich ihm entgegen, die umherfliegenden Marmorsplitter schienen in der Luft zu stehen. Dann sah er den Dorn, er leuchtete in eigenartigem Glanz, er sah ihn von allen Seiten gleichzeitig, bis er sich auflöste und verschwand.

Feldmayer sank auf die Knie. Er hob langsam den Kopf

und sah aus dem Fenster. Der Kastanienbaum stand in dem sanften Grün, wie es nur die ersten Frühlingstage hervorbringen, die Nachmittagssonne warf bewegte Schatten auf den Boden des Saals. Es gab keine Schmerzen mehr. Feldmayer spürte die Wärme auf seinem Gesicht, seine Nase juckte, und dann begann er zu lachen. Er lachte und lachte, er hielt sich den Bauch vor Lachen, und er konnte nicht mehr damit aufhören.

—

Die beiden Schutzpolizisten, die Feldmayer nach Hause brachten, wunderten sich über die Kargheit seiner Wohnung. Sie setzten ihn auf einen der beiden Stühle in der Küche und wollten abwarten, bis er sich beruhigt hatte und vielleicht etwas erklären würde.

Einer der Polizisten suchte das Badezimmer. Er öffnete versehentlich die Schlafzimmertür, trat in den dunklen Raum und tastete nach dem Lichtschalter. Und dann sah er es: Die Wände und Decken waren mit Tausenden Fotos tapeziert, sie klebten übereinander, kein Millimeter war noch frei. Selbst auf dem Boden und dem Nachttisch lagen die Bilder. Sie alle zeigten das immer gleiche Motiv, nur die Orte wechselten: Männer, Frauen und Kinder saßen auf Treppen, auf Stühlen, Sofas und Fensterbänken, sie saßen in Schwimmbädern, Schuhgeschäften, auf Wiesen und an Seeufern. Und sie alle zogen sich einen gelben Reißnagel aus dem Fuß.

—

Die Direktion des Museums erstattete Strafanzeige gegen Feldmayer wegen Sachbeschädigung und wollte ihn auf Schadensersatz verklagen. Die Staatsanwaltschaft ermittelte wegen Hunderten Fällen von gefährlicher Körperverletzung. Der zuständige Dezernent der Staatsanwaltschaft entschied, Feldmayer von einem psychiatrischen Sachverständigen untersuchen zu lassen. Es wurde ein merkwürdiges Gutachten. Der Psychiater konnte sich nicht entscheiden: Einerseits, so meinte er, habe Feldmayer unter einer Psychose gelitten, andererseits könne es sein, dass er sich durch das Zerstören der Statue selbst geheilt habe. Vielleicht sei Feldmayer gefährlich, und aus den Reißnägeln könnten eines Tages Messer werden. Vielleicht aber auch nicht.

Schließlich erhob die Staatsanwaltschaft Anklage vor dem Schöffengericht. Das bedeutete, dass der Staatsanwalt von einer Strafhöhe zwischen zwei und vier Jahren ausging.

Wird Anklage erhoben, muss das Gericht entscheiden, ob sie zur Verhandlung zugelassen wird. Der Richter eröffnet das Verfahren, wenn er eine Verurteilung für wahrscheinlicher als einen Freispruch hält. So steht es zumindest in den Lehrbüchern. In der Wirklichkeit spielen oft ganz andere Fragen eine Rolle. Kein Richter lässt seine Entscheidung gerne von einem höheren Gericht aufheben, und deshalb werden viele Verfahren eröffnet, obwohl der Richter eigentlich meint, dass er den Angeklagten freisprechen wird. Will der Richter nicht eröffnen, sucht er manchmal das Gespräch mit der Staatsanwaltschaft, um sicherzustellen, dass sie nicht in Beschwerde geht.

Der Richter, der Staatsanwalt und ich saßen im Richterzimmer und diskutierten den Fall. Die Beweise der Staatsanwaltschaft schienen mir dürftig: Es gab nicht mehr als die Fotos, Zeugen konnte die Anklage nicht benennen, und es war unklar, wie alt die Bilder waren – vielleicht waren die Taten längst verjährt, wer wusste das schon. Das Gutachten des Sachverständigen gab nicht viel her, und ein Geständnis hatte Feldmayer nicht abgelegt. Es blieb die Sachbeschädigung an der Plastik. Mir schien es klar, dass die Hauptschuld die Museumsdirektion traf. Sie hatte Feldmayer 23 Jahre lang in einen Raum gesperrt und vergessen.

Der Richter stimmte mir zu. Er war ungehalten. Er sagte, er würde lieber die Museumsdirektion auf der Anklagebank sehen, immerhin sei es die städtische Verwaltung, die einen Menschen zugrunde gerichtet habe. Der Richter wollte, dass das Verfahren wegen geringer Schuld eingestellt würde. Er wurde sehr deutlich. Eine solche Einstellung erfordert aber die Zustimmung der Strafverfolgungsbehörde, und unser Staatsanwalt war dazu nicht bereit.

Ein paar Tage später erhielt ich doch noch den Einstellungsbescheid. Als ich den Richter anrief, sagte er mir, der Vorgesetzte unseres Staatsanwalts habe überraschend zugestimmt. Der Grund wurde natürlich nie offiziell mitgeteilt, aber er lag auf der Hand: Wäre das Verfahren weitergeführt worden, hätte sich die Museumsdirektion in einem öffentlichen Prozess nicht wirklich angenehmen Fragen stellen müssen. Und ein ungehaltener Richter hätte der Verteidigung sehr freie Hand gegeben. Feldmayer wäre mit einer winzigen Strafe davongekommen, aber Stadt und Museum wären vorgeführt worden.

Auch die Museumsleitung sah schließlich von einer zivilrechtlichen Klage ab. Bei unserem Mittagessen sagte der Direktor, er sei froh, dass Feldmayer nicht den »Saal der Salome« bewacht habe.

Feldmayer behielt seine Rentenansprüche, das Museum gab eine kaum beachtete Erklärung heraus, dass eine Büste durch einen Unfall beschädigt worden sei; Feldmayers Name wurde nicht erwähnt, und er hat nie wieder einen Reißnagel in die Hand genommen.

—

Man hatte die Scherben der Büste in einem Pappkarton eingesammelt und sie in die Museumswerkstätten gebracht. Eine Restauratorin bekam die Aufgabe, sie wiederherzustellen. Sie breitete die Stücke auf einem Tisch aus, der mit schwarzem Tuch bezogen war. Sie fotografierte jeden Splitter und registrierte über zweihundert Einzelteile in einer Kladde.

Es war still in der Werkstatt, als sie mit der Arbeit begann. Sie hatte ein Fenster geöffnet, die Wärme des Frühlings breitete sich in der Werkstatt aus, und sie betrachtete die Scherben, während sie eine Zigarette rauchte. Sie war glücklich, nach ihrem Studium hier arbeiten zu können, der Dornauszieher war ihre erste große Aufgabe. Sie wusste, dass das Zusammenfügen lange dauern konnte, Jahre vielleicht.

Gegenüber dem Tisch stand ein kleiner hölzerner Buddhakopf aus Kyoto. Er war uralt und hatte einen Riss in der Stirn. Der Buddha lächelte.

Liebe

Sie war eingedöst, ihr Kopf lag auf seinem Oberschenkel. Es war ein warmer Sommernachmittag, die Fenster standen offen, sie fühlte sich wohl. Sie kannten sich jetzt seit zwei Jahren, beide studierten Betriebswirtschaft in Bonn, sie besuchten die gleichen Vorlesungen. Sie wusste, dass er sie liebte.

Patrik streichelte ihren Rücken. Das Buch langweilte ihn, er mochte Hesse nicht, und er las die Gedichte nur vor, weil sie es so wollte. Er betrachtete ihre nackte Haut, ihre Wirbelsäule und Schulterblätter, er zeichnete sie mit seinen Fingern nach. Auf dem Nachttisch lag das Schweizermesser, er hatte damit den Apfel zerteilt, den sie gegessen hatten. Er legte das Buch zur Seite und nahm das Messer. Mit halb geschlossenen Augen sah sie, wie er eine Erektion bekam. Sie musste lächeln, sie hatten eben erst miteinander geschlafen. Er klappte die Klinge aus. Sie hob ihren Kopf in Richtung seines Penis. Dann spürte sie den Schnitt in ihrem Rücken. Sie schrie, schlug seine Hand zur Seite und sprang auf. Das Messer flog auf den Parkettboden, sie fühlte, wie ihr das Blut den Rücken herunterlief. Er sah sie verwirrt an, sie ohrfeigte ihn, griff ihre Kleidung vom Stuhl und rannte ins Bad. Seine Studentenwohnung lag im Parterre eines Altbaus. Sie zog hastig ihre Sachen über, kletterte aus dem Fenster und rannte davon.

Vier Wochen später schickte die Polizei die Ladung zur Vernehmung an seine Meldeadresse. Und weil er sich, wie viele Studenten, nicht umgemeldet hatte, landete der Brief nicht in Bonn, sondern im elterlichen Briefkasten in Berlin. Seine Mutter glaubte, es sei ein Strafzettel, und öffnete ihn. Am Abend gab es erst eine lange Diskussion zwischen den Eltern über die Frage, was sie falsch gemacht hätten, dann rief der Vater bei Patrik an. Am nächsten Tag vereinbarte seine Mutter einen Termin mit meinem Sekretariat, und eine Woche später saß die Familie in der Kanzlei.

Es waren ordentliche Leute, der Vater war Bauleiter, stämmig, ohne Kinn, kurze Arme und Beine, die Mutter Ende vierzig, ehemalige Sekretärin, herrisch und voller Energie. Patrik passte nicht zu seinen Eltern. Er war ein ungewöhnlich hübscher Junge mit schmalen Händen und dunkelbraunen Augen. Er schilderte den Tathergang. Er sei mit Nicole seit zwei Jahren zusammen, es hätte nie Streit gegeben. Seine Mutter fiel ihm bei jedem zweiten Satz ins Wort. Dann sagte *sie*, es sei natürlich ein Unfall gewesen. Patrik sagte, es tue ihm leid, er liebe das Mädchen, er wolle sich bei ihr entschuldigen, erreiche sie aber nicht mehr.

Seine Mutter wurde etwas zu laut: »Das ist wohl auch besser so. Ich will nicht, dass du sie nochmals siehst. Außerdem gehst du nächstes Jahr ja sowieso nach St. Gallen auf die Universität.« Der Vater redete wenig. Am Ende der Besprechung fragte er, ob es für Patrik schlimm werde.

Ich dachte, es wäre ein kleines Mandat, das schnell erledigt wäre. Die Sache war bereits von der Polizei zur Amtsanwaltschaft geschickt worden. Ich telefonierte mit der Oberamtsanwältin, die das Verfahren bearbeitete. Sie hatte ein umfangreiches Dezernat, sogenannte HG-Fälle, häusliche Gewalt. Tausende Fälle jedes Jahr, deren Ursprung überwiegend Alkohol, Eifersucht und Streit um Kinder sind. Sie sagte mir schnelle Akteneinsicht zu.

Zwei Tage später hatte ich die kaum 40 Seiten auf dem Computer. Das Foto vom Rücken des Mädchens zeigte einen 15 cm langen Schnitt, glatte Wundränder, er würde gut verheilen, eine Narbe würde nicht zurückbleiben. Aber ich war mir sicher, dass dieser Schnitt kein Unfall war. Ein herunterfallendes Messer verletzt anders.

Ich bat die Familie zu einer zweiten Besprechung, und weil die Sache nicht dringend war, sollte der Termin erst in drei Wochen sein.

Als ich fünf Tage später an einem Donnerstagabend die Kanzlei abschloss und das Licht im Treppenhaus anschaltete, saß Patrik dort auf den Stufen. Ich sagte, er solle reinkommen, aber er schüttelte den Kopf. Er hatte glasige Augen und hielt eine unangezündete Zigarette in den Fingern. Ich ging zurück in die Kanzlei, holte einen Aschenbecher und gab ihm Feuer. Dann setzte ich mich zu ihm. Die Zeitschaltuhr für das Licht klickte, wir saßen im Dunkeln und rauchten.

»Patrik, was kann ich für Sie tun?«, fragte ich nach einiger Zeit.

»Es ist schwierig«, sagte er.

»Es ist immer schwierig«, sagte ich und wartete.

»Ich habe es noch niemandem erzählt.«

»Lassen Sie sich Zeit, es ist ja ganz gemütlich hier.« Es war kühl und unbequem.

»Ich liebe Nicole, wie ich noch nie jemanden geliebt habe. Sie meldet sich nicht mehr, ich habe alles probiert. Ich habe ihr auch einen Brief geschrieben, aber sie hat nicht geantwortet. Ihr Handy ist abgestellt. Ihre beste Freundin hat aufgelegt, als ich angerufen habe.«

»So etwas kommt vor.«

»Was soll ich machen?«

»Die Strafsache ist kein unlösbares Problem, Sie kommen nicht ins Gefängnis. Ich habe Ihre Akte gelesen ...«

»Ja?«

»Offen gesagt: Ihre Geschichte stimmt nicht. Es war kein Unfall.«

Patrik zögerte. Er zündete sich eine neue Zigarette an. »Ja, das stimmt«, sagte er, »es war wirklich kein Unfall. Ich weiß nicht, ob ich Ihnen sagen kann, was es wirklich war.«

»Anwälte stehen unter Schweigepflicht«, sagte ich. »Alles, was Sie mir sagen, bleibt unter uns. Nur Sie bestimmen, ob und mit wem ich darüber sprechen darf. Auch Ihre Eltern erfahren nichts von diesem Gespräch.«

»Gilt das auch gegenüber der Polizei?«

»Vor allem gegenüber der Polizei und allen anderen Strafverfolgungsbehörden. Ich muss schweigen, sonst würde ich mich selbst strafbar machen.«

»Ich kann es trotzdem nicht erzählen«, sagte er.

Plötzlich hatte ich eine Idee: »In der Kanzlei gibt es einen Anwalt, der eine fünfjährige Tochter hat. Neulich erzählte sie einem anderen Kind irgendetwas. Die beiden hockten auf dem Boden. Sie ist ein sehr aktives Kind, und sie redete und redete und rutschte immer näher an ihre Freundin. Sie war so aufgeregt von ihrer eigenen Geschichte, dass sie bald fast auf dem anderen Mädchen saß. Sie plapperte immer weiter, und schließlich hielt sie es nicht mehr aus: Sie umarmte ihre Freundin und biss sie vor Glück und Begeisterung in den Hals.«

Ich spürte, wie es in Patrik arbeitete. Er rang mit sich. Schließlich sagte er: »Ich wollte sie essen.«

»Ihre Freundin?«

»Ja.«

»Weshalb wollten Sie das tun?«

»Sie kennen sie nicht, sie hätten einmal ihren Rücken sehen müssen. Ihre Schulterblätter laufen spitz zu, ihre Haut ist fest und weiß. Meine Haut ist voller Poren, fast wie Löcher, aber ihre ist dicht und glatt. Es sind winzige blonde Härchen darauf.«

Ich versuchte mir das Bild ihres Rückens aus der Akte in Erinnerung zu rufen. »Wollten Sie das zum ersten Mal?«, fragte ich.

»Ja. Nur einmal vorher, da war es aber nicht so stark. Es war in unseren Ferien in Thailand, als wir am Strand lagen. Ich habe sie damals ein wenig zu fest gebissen.«

»Wie wollten Sie es diesmal machen?«

»Ich weiß nicht. Ich glaube, ich wollte einfach nur ein Stückchen herausschneiden.«

»Wollten Sie schon einmal jemand anderen essen?«

»Nein, natürlich nicht. Es geht um sie, nur um sie.« Er zog an seiner Zigarette. »Bin ich verrückt? Ich bin doch nicht so ein Hannibal Lecter. Oder?« Er hatte Angst vor sich selbst.

»Nein, das sind Sie nicht. Ich bin kein Arzt, aber ich glaube, dass Sie sich zu sehr in Ihre Liebe zu ihr hineingesteigert haben. Sie wissen das selbst, Patrik, Sie sagen es ja sogar selbst. Ich denke, dass Sie sehr krank sind. Sie müssen sich helfen lassen. Und Sie müssen das schnell tun.«

Es gibt verschiedene Arten des Kannibalismus. Menschen essen Menschen aus Hunger, aus rituellen Gründen oder eben wegen schwerer Persönlichkeitsstörungen, die oft eine sexuelle Prägung haben. Patrik glaubte, dass Hollywood Hannibal Lecter erfand, aber es gibt ihn seit Menschengedenken. In der Steiermark aß Paul Reisinger im 18. Jahrhundert sechs »zuckende Herzen von Jungfrauen« – er glaubte, wenn er neun davon verspeise, könnte er unsichtbar werden. Peter Kürten trank das Blut seiner Opfer, Joachim Kroll aß in den Siebzigerjahren mindestens acht Menschen, die er getötet hatte, und Bernhard Oehme verspeiste 1948 seine eigene Schwester.

Es finden sich in der Rechtsgeschichte zahlreiche Beispiele, die unvorstellbar sind. Als Karl Denke 1924 festgenommen wurde, fand man in seiner Küche alle möglichen Reste von Menschen: in Essig eingelegte Fleischbrocken, einen Kübel voll Knochen, Töpfe mit ausgelassenem Fett und einen Sack mit Hunderten Menschenzähnen. Er trug Hosenträger, die aus Streifen von Menschenhaut geschnitten waren, man konnte darauf Brustwarzen identifizieren. Wie viele Opfer es gab, ist bis heute unbekannt.

»Patrik, haben Sie schon einmal etwas von dem Japaner Issei Sagawa gehört?«

»Nein, wer ist das?«

»Sagawa ist heute Restaurantkritiker in Tokio.«

»Ja, und?«

»1981 hat er seine Freundin in Paris aufgegessen. Er hat gesagt, er habe das Mädchen zu sehr geliebt.«

»Hat er sie ganz gegessen?«

»Zumindest einige Stücke.«

»Und«, Patriks Stimme vibrierte, »hat er gesagt, wie es war?«

»Ich weiß es nicht mehr genau. Ich glaube, er hat gesagt, sie habe nach Thunfisch geschmeckt.«

»Ah …«

»Die Ärzte diagnostizierten damals eine schwere psychotische Störung.«

»Habe ich das auch?«

»Ich weiß es nicht genau, aber ich will, dass Sie zu einem Arzt gehen.« Ich schaltete das Licht an. »Warten Sie bitte, ich hole Ihnen die Nummer des psychiatrischen Notdienstes. Wenn Sie wollen, fahre ich Sie jetzt dorthin.«

»Nein«, sagte er. »Ich möchte erst nachdenken.«

»Ich kann Sie nicht zwingen. Aber bitte kommen Sie morgen früh in die Kanzlei. Ich gehe mit Ihnen zu einem vernünftigen Psychiater. Einverstanden?«

Er zögerte. Dann sagte er, dass er komme, und wir standen auf. »Darf ich Sie noch etwas fragen?«, sagte Patrik und wurde ganz leise. »Was passiert, wenn ich nicht zu einem Psychiater gehe?«

»Ich fürchte, es wird schlimmer«, sagte ich. Ich schloss die

Tür zur Kanzlei wieder auf, um die Telefonnummer herauszusuchen und den Aschenbecher zurückzubringen. Als ich zurück ins Treppenhaus trat, war Patrik verschwunden.

Er kam auch am nächsten Tag nicht. Eine Woche später erhielt ich einen Brief und einen Scheck seiner Mutter. Sie entzog mir das Mandat, und da das Schreiben auch von Patrik unterzeichnet war, war es gültig. Ich rief Patrik an, aber er wollte nicht mit mir sprechen. Schließlich legte ich die Verteidigung nieder.

Zwei Jahre später hielt ich in Zürich einen Vortrag. In einer Pause sprach mich ein älterer Strafverteidiger aus St. Gallen an. Er nannte mir Patriks Namen und fragte mich, ob er mein Mandant gewesen sei, Patrik habe so etwas gesagt. Ich fragte, was passiert sei. Der Kollege sagte: »Patrik hat vor zwei Monaten eine Kellnerin getötet, das Motiv ist bis jetzt noch völlig unklar.«

Der Äthiopier

Der bleiche Mann saß mitten auf dem Rasen. Er hatte ein merkwürdig schiefes Gesicht, abstehende Ohren und rote Haare. Seine Beine waren ausgestreckt, die Hände lagen im Schoß und hielten ein Bündel Geldscheine umklammert. Der Mann starrte auf einen faulenden Apfel, der neben ihm lag. Er beobachtete die Ameisen, die kleine Stücke herausbissen und abtransportierten.

Es war kurz nach zwölf Uhr an einem dieser fürchterlich heißen Hochsommertage in Berlin, an denen kein vernünftiger Mensch mittags freiwillig vor die Tür gehen würde. Der schmale Platz zwischen den Hochhäusern war künstlich von den Stadtplanern geschaffen worden, die Glas-Stahl-Bauten reflektierten die Sonne, und die Hitze staute sich über dem Boden. Der Rasensprenger war ausgefallen, das Gras würde bis zum Abend verbrannt sein.

Niemand beachtete den Mann, auch nicht, als die Alarmsirene der gegenüberliegenden Bank losheulte. Die drei Funkstreifenwagen, die kurze Zeit später eintrafen, rasten an ihm vorbei. Polizisten rannten in die Bank, andere sperrten den Platz, immer mehr von ihnen trafen ein.

Eine Frau im Kostüm kam mit Polizisten aus der Bank. Sie legte eine Hand über die Augenbrauen, um sich vor der Sonne zu schützen, suchte mit ihren Blicken den Rasen ab, und schließlich zeigte sie auf den bleichen Mann. Der Strom der grünen und blauen Uniformen formierte sich schlagartig in Richtung ihrer ausgestreckten Hand. Die Polizisten schrien den Mann an, einer zog seine Dienstwaffe und brüllte, er solle die Hände hochheben.

Der Mann reagierte nicht. Ein Polizeihauptmeister, der den ganzen Tag auf dem Revier Berichte geschrieben und sich gelangweilt hatte, rannte zu ihm, er wollte der Erste sein. Er warf sich auf den Mann und drehte ihm den rechten Arm auf den Rücken. Geldscheine flogen durch die Luft, Befehle wurden geschrien und nicht beachtet, und dann standen sie alle um ihn herum und sammelten das Geld ein. Der Mann lag auf dem Bauch, der Polizist presste ihm das Knie in den Rücken und drückte sein Gesicht ins Gras. Die Erde war warm. Zwischen den Stiefeln konnte der Mann jetzt wieder den Apfel sehen. Die Ameisen arbeiteten unbeeindruckt weiter. Er atmete den Geruch des Grases, der Erde und des faulenden Apfels ein. Er schloss die Augen und war wieder in Äthiopien.

—

Sein Leben begann wie in einem bösen Märchen: Er wurde ausgesetzt. Eine leuchtend grüne Plastikwanne stand auf den Stufen des Pfarrhauses einer kleinen Gemeinde in der

Nähe von Gießen. Das Neugeborene lag auf einer verfilzten Decke und war unterkühlt. Wer auch immer es dort abgestellt hatte, hatte ihm nichts hinterlassen – keinen Brief, kein Bild, keine Erinnerung. Die Wanne gab es in jedem Kaufhaus, die Decke stammte aus Bundeswehrbeständen.

Der Pfarrer informierte sofort die Polizei, aber die Mutter wurde nicht gefunden. Das Baby kam in ein Kinderheim, und nach drei Monaten gaben die Behörden es zur Adoption frei.

Die Michalkas, die selbst keine Kinder hatten, nahmen ihn auf und tauften ihn auf den Namen Frank Xaver. Sie waren schweigsame, harte Menschen, Hopfenbauern aus einer beschaulichen Gegend Oberfrankens, sie hatten keine Erfahrung mit Kindern. Sein Adoptivvater sagte immer: »Das Leben ist kein Zuckerschlecken« und streckte dabei seine bläuliche Zunge heraus und leckte sich über die Lippen. Er behandelte Mensch, Vieh und Hopfenstöcke mit gleichem Respekt und gleicher Strenge. Er schimpfte mit seiner Frau, wenn sie zu weich mit dem Kind war. »Du verdirbst ihn mir«, sagte er und dachte an die Schäfer, die ihre Hunde nie streicheln.

Im Kindergarten wurde er gehänselt, mit sechs Jahren wurde er eingeschult. Nichts glückte ihm. Er war hässlich, er war zu groß, und vor allem war er zu wild. Die Schule fiel ihm schwer, seine Rechtschreibung war eine Katastrophe, in beinahe jedem Fach schrieb er die schlechtesten Noten. Die Mädchen hatten Angst vor ihm oder waren von seinem Aussehen abgestoßen. Er war unsicher und daher großmäulig. Seine Haare machten ihn zum Außenseiter. Die meisten hielten ihn für dumm, nur seine Deutschlehrerin sagte, er habe andere Begabungen. Sie ließ ihn manchmal kleine Reparaturen an ihrem Haus machen und schenkte ihm sein erstes Taschenmesser. Michalka bastelte ihr zu Weihnachten eine Windmühle aus Holz. Die Flügel drehten sich, wenn man dagegenblies. Die Lehrerin heiratete einen Mann aus Nürnberg und verließ in den Sommerferien das Dorf. Sie hatte dem Jungen nichts davon gesagt, und als er das nächste Mal zu ihr ging, fand er die Windmühle vor dem Haus in einem Bauschuttcontainer.

Michalka blieb zweimal sitzen. Mit dem Hauptschulabschluss verließ er die Schule und begann eine Lehre als Schreiner in der nächstgrößeren Stadt. Niemand hänselte ihn jetzt mehr, er war 1,97 Meter groß. Die Gesellenprüfung bestand er nur, weil er im praktischen Teil überragend war. Seinen Militärdienst leistete er in einer Fernmeldeeinheit in der Nähe von Nürnberg ab. Er legte sich mit seinen Vorgesetzten an und verbrachte einen Tag in der Arrestzelle.

Nach der Entlassung fuhr er per Anhalter nach Hamburg. Er hatte einen Film gesehen, der in der Stadt spielte, es gab dort schöne Frauen, breite Straßen, einen Hafen und ein richtiges Nachtleben. Dort musste alles besser werden, »in Hamburg wohnt die Freiheit«, hatte er irgendwo gelesen.

Der Inhaber einer Bauschreinerei in Fuhlsbüttel stellte ihn ein und gab ihm ein Zimmer über der Fabrikhalle. Das Zimmer war sauber, Michalka war geschickt, und man war mit ihm zufrieden. Obwohl ihm oft die Begriffe fehlten, verstand er die technischen Zeichnungen, korrigierte sie und konnte sie umsetzen. Als in der Firma Geld aus einem Spind gestohlen wurde, wurde er entlassen. Er war der Letzte, der eingestellt worden war, und zuvor hatte es noch nie einen Diebstahl in der Firma gegeben. Die Polizei fand die Geldkassette zwei Wochen später in der Wohnung eines Drogenabhängigen – Michalka hatte nichts damit zu tun gehabt.

Auf der Reeperbahn traf er einen Kumpel aus der Bundeswehr, der ihm einen Job als Hausmeister in einem Bordell vermittelte. Michalka wurde zum Mädchen für alles. Er lernte den Rand der Gesellschaft kennen, Zuhälter, Geldverleiher, Prostituierte, Drogenabhängige, Schläger. Er hielt sich raus, so gut er konnte. Er wohnte zwei Jahre in einem dunklen Zimmer im Souterrain des Bordells, und dann begann er zu trinken. Er konnte das Elend um sich herum nicht ertragen. Die Frauen in dem Bordell mochten ihn und erzählten ihm ihre Schicksale. Er kam damit nicht zurecht. Er machte Schulden bei den falschen Leuten. Weil er nicht zurückzahlen konnte, wuchsen die Zinsen. Er wurde zusammengeschlagen, blieb in einem Hauseingang liegen und wurde von der Polizei aufgegriffen. Michalka wusste, dass er so untergehen würde.

Er beschloss, es im Ausland zu versuchen, das Land war ihm dabei völlig gleichgültig. Er dachte nicht lange nach und nahm sich von einer der Frauen in dem Bordell einen Strumpf. Er betrat die Sparkasse, streifte ihn sich, wie er es einmal in einem Film gesehen hatte, über das Gesicht, bedrohte die Kassiererin mit einer Plastikpistole und erbeutete 12 000 DM. Die Polizei sperrte die Straßen ab und kontrollierte jeden Fußgänger, aber Michalka stieg fast in Trance in den Bus zum Flughafen. Er kaufte sich ein Economy-Ticket nach Addis Abeba, weil er dachte, dass die Stadt in Asien läge, jedenfalls weit weg. Niemand hielt ihn auf. Vier Stunden nach dem Überfall saß er im Flugzeug, sein einziges Gepäck war eine Plastiktüte. Als das Flugzeug abhob, hatte er Angst.

Nach zehn Stunden Flug, dem ersten in seinem Leben, landete er in der Hauptstadt Äthiopiens. Am Flughafen kaufte er ein Visum für sechs Monate.

Fünf Millionen Einwohner, 60 000 Kinder auf der Straße, Prostitution, Kleinkriminalität, Armut, unendlich viele Bettler, Behinderte an den Straßenrändern, die ihr Handicap zeigten, um Mitleid zu erregen – nach drei Wochen war Michalka klar: Das Elend in Hamburg und Addis Abeba nahm sich nichts. Er traf auf ein paar Deutsche, eine Kolonie der Gescheiterten. Die hygienischen Zustände waren katastrophal, Michalka infizierte sich mit Typhus, er bekam Fieber, Hautausschlag und Durchfall, bis ein Bekannter eine Art Arzt auftrieb, der ihm Antibiotika verabreichte. Erneut war er am Ende.

Michalka war sich jetzt sicher, dass die Welt eine Müllhalde ist. Er hatte keine Freunde, keine Aussichten, nichts, was ihn halten könnte. Nach sechs Monaten in Addis Abeba beschloss er, seinem Leben ein Ende zu setzen, Bilanzselbstmord. Aber wenigstens wollte er nicht im Dreck sterben. Von dem Geld waren noch rund 5000 DM übrig. Er nahm den Zug in Richtung Dschibuti. Ein paar Kilometer hinter Dire Dawa begann er seine Wanderung durch das Weideland. Er schlief auf dem Boden oder in winzigen Absteigen, er wurde von einem Moskito gestochen, der ihn mit Malaria infizierte. Er fuhr mit einem Bus ins Hochland, unterwegs brach die Malaria aus, er bekam Schüttelfrost. Irgendwo stieg er aus, lief wirr und krank durch die Kaffeeplantagen, vor seinen Augen verschwamm die Welt. Er stürzte und fiel zwischen Kaffeesträuchern zu Boden. Bevor ihn das Bewusstsein verließ, war sein letzter Gedanke: »Das war alles eine große Scheiße.«

Zwischen zwei Fieberschüben erwachte Michalka. Er bekam mit, dass er in einem Bett lag, ein Arzt und viele fremde Menschen standen um ihn herum. Alle waren schwarz. Er verstand, dass die Menschen ihm halfen, und sank zurück in seine Fieberalbträume. Die Malaria war brutal. Hier im Hochland gab es keine Moskitos, aber man kannte die Krankheit gut und verstand sie zu behandeln. Der seltsame Fremde, den man in der Plantage gefunden hatte, würde überleben.

Das Fieber klang langsam ab, Michalka schlief fast 24 Stunden. Als er erwachte, lag er alleine in einem weiß getünchten Raum. Seine Jacke und seine Hose waren gewaschen und lagen ordentlich über dem einzigen Stuhl in dem Zimmer, der Rucksack stand daneben. Als er versuchte aufzustehen, sackten seine Beine weg, ihm wurde schwarz vor Augen. Er setzte sich auf das Bett und blieb eine Viertelstunde sitzen. Dann versuchte er es ein zweites Mal. Er musste dringend auf die Toilette. Er öffnete die Tür und trat in den Flur. Eine Frau kam auf ihn zu, gestikulierte heftig mit den Armen und schüttelte den Kopf: »No, no, no.« Sie hakte sich bei ihm unter und drängte ihn zurück in das Zimmer. Er machte ihr sein Bedürfnis deutlich, sie nickte und zeigte auf einen Eimer unter dem Bett. Er fand die Frau schön und schlief wieder ein.

Als er das nächste Mal erwachte, fühlte er sich besser. Er sah in seinen Rucksack, das Geld war vollzählig. Er konnte das Zimmer verlassen. Er war allein in dem winzigen Haus, das aus zwei Zimmern und einer Küche bestand. Alles hier war sauber und ordentlich. Er trat aus dem Haus auf einen kleinen Dorfplatz. Die Luft war frisch und angenehm kühl. Kinder stürmten auf ihn zu. Sie lachten. Sie wollten seine roten Haare anfassen. Nachdem er es verstanden hatte, setzte er sich auf einen Stein und ließ es zu. Die Kinder hatten ihren Spaß. Irgendwann kam die schöne Frau, bei der er wohnte. Sie schimpfte und zerrte an ihm, sie brachte ihn wieder ins Haus und gab ihm Getreidefladen. Er aß alles auf. Sie lächelte ihn an.

Nach und nach lernte er das Dorf der Kaffeebauern kennen. Sie hatten ihn in der Plantage gefunden, ihn hochgeschleppt und einen Arzt aus der Stadt geholt. Sie waren freundlich zu ihm. Nachdem er zu Kräften gekommen war, wollte er helfen. Die Bauern waren erstaunt, dann akzeptierten sie.

Ein halbes Jahr später wohnte er immer noch bei der Frau. Langsam lernte er ihre Sprache. Zuerst ihren Namen: Ayana. Er schrieb sich Vokabeln in Lautschrift in ein Notizheft. Sie lachten, wenn er Fehler bei der Aussprache machte. Manchmal strich sie durch seine roten Haare. Irgendwann küssten sie sich. Ayana war 21. Ihr Mann war vor zwei Jahren bei einem Unfall in der Provinzhauptstadt gestorben.

Michalka dachte über den Kaffeeanbau nach. Die Ernte war mühsam und fand zwischen Oktober und März von Hand statt. Er verstand das Problem schnell – das Dorf war das letzte Glied in der Handelskette. Der Mann, der die getrockneten Kaffeebohnen abholte, verdiente mehr und hatte weniger Arbeit. Aber der Mann besaß einen alten Laster, und im Dorf konnte niemand Auto fahren. Michalka kaufte für 1400 Dollar einen besseren Wagen und fuhr die Ernte selbst in die Fabrik. Er erzielte den neunfachen Preis und teilte den Gewinn unter den Bauern auf. Dann brachte er Dereje, einem jungen Mann aus dem Dorf, das Fahren bei. Dereje und er holten nun auch in den umliegenden Dörfern die Bohnen ab, sie zahlten den Bauern das Dreifache wie bisher. Bald konnten sie einen zweiten LKW kaufen.

Michalka überlegte, wie man die Arbeit leichter machen könnte. Er fuhr in die Provinzhauptstadt, erwarb einen uralten Dieselgenerator und baute mit gebrauchten Autofelgen und Stahlseilen von der Plantage bis ins Dorf eine Seilbahn. Als Transportbehälter zimmerte er große Holzkisten. Die Bahn brach zweimal zusammen, bis er die richtigen Abstände der Holzträger gefunden und sie mit Stahlstreben verstärkt hatte. Der Dorfälteste beobachtete seine Versuche mit Argwohn, aber als die Seilbahn funktionierte, war er der Erste, der Michalka auf den Rücken klopfte. Die Kaffeebohnen ließen sich jetzt schneller transportieren, die Bauern mussten sie nicht mehr auf dem Rücken ins Dorf schleppen. Sie konnten schneller ernten, die Arbeit war weniger anstrengend. Die Kinder liebten die Seilbahn, sie malten auf die Holzkisten Gesichter, Tiere und einen Mann mit roten Haaren.

Michalka wollte das Ernteergebnis weiter verbessern. Die Bauern breiteten die Bohnen auf Gestellen aus und wendeten sie fünf Wochen, bis sie fast trocken waren. Die Gestelle standen vor den Hütten oder auf deren Dächern. Die Bohnen verdarben, wenn sie nass wurden, die ausgebreiteten Schichten mussten dünn sein, sonst verfaulte alles. Es war eine anstrengende Arbeit, die jeder für sich selbst tun musste. Michalka kaufte Zement und mischte Beton an. Vor dem Dorf legte er eine freie Fläche an, auf der alle Bauern des Dorfes die Ernte lagern konnten. Er konstruierte große Rechen, und die Bauern wendeten die Bohnen jetzt gemeinsam. Über die Fläche spannten sie einen Regenschutz aus durchsichtiger Plastikfolie, die Bohnen trockneten darunter schneller. Die Bauern waren zufrieden, es war weniger Arbeit, und nichts verdarb mehr.

Michalka verstand, dass man die Qualität des Kaffees weiter verbessern konnte, wenn man die Bohnen nicht nur durch bloße Trocknung aufbereiten würde. Das Dorf lag neben einem kleinen Fluss mit klarem Quellwasser. Er wusch frische Kaffeebohnen von Hand und sortierte sie in drei Wassertanks. Für wenig Geld besorgte er über einen Händler eine Maschine, die das Fruchtfleisch von den Bohnen trennte. Die ersten Versuche gingen schief, die so entpulpten Bohnen gärten zu lange und waren überfermentiert. Er lernte, dass es darum ging, die Anlagen absolut sauber zu halten, eine einzige zurückgebliebene Bohne konnte den gesamten Prozess verderben. Schließlich gelang es. Er wusch den nass aufbereiteten Kaffee und entfernte die Reste der Pergamenthaut der Bohnen. Er grenzte ein kleines Stück auf der Betonfläche ab und trocknete sie. Als er einen Sack dieser Bohnen zum Händler brachte, bekam er den dreifachen Preis. Michalka erklärte den Vorgang den Bauern, durch die Seilbahn konnten sie die Ernte so schnell einbringen, dass die Bohnen innerhalb von zwölf Stunden die Nassaufbereitung durchliefen. Nach zwei Jahren stellte das Dorf die besten Kaffeebohnen im weiten Umkreis her.

Ayana wurde schwanger. Sie freuten sich auf das Kind. Als das Mädchen geboren wurde, nannten sie es Tiru. Michalka war stolz und glücklich. Er wusste, dass er Ayana sein Leben verdankte.

Das Dorf wurde wohlhabend. Nach drei Jahren gab es fünf LKW, die Ernte war perfekt organisiert, die Kaffeeplantagen der Bauern wuchsen, sie hatten ein Bewässerungssystem angelegt und Bäume zum Schutz vor dem Wind gepflanzt. Michalka war geachtet und wurde in der ganzen Gegend bekannt. Einen Teil ihrer Gewinne bezahlten die Bauern in eine gemeinsame Kasse. Michalka hatte aus der Stadt eine junge Lehrerin geholt und sorgte dafür, dass die Dorfkinder lesen und schreiben lernten.

Wenn jemand aus dem Dorf krank wurde, kümmerte sich Michalka um ihn. Der Arzt stellte eine Notfallapotheke zusammen und brachte Michalka medizinische Grundkenntnisse bei. Er lernte schnell, er sah, wie man Blutvergiftungen behandelt, und half bei Geburten. Der Arzt saß abends oft bei Michalka und Ayana, er erzählte von der langen Geschichte des biblischen Landes. Sie wurden Freunde.

In Streitfällen fragte man den Mann mit den roten Haaren um Rat. Michalka ließ sich nicht bestechen, er urteilte wie ein guter Richter ohne Ansehen der Stämme und Dörfer. Die Menschen vertrauten ihm.

Er hatte sein Leben gefunden, Ayana und er liebten sich, Tiru wuchs auf und war gesund. Michalka konnte sein Glück nicht fassen. Nur manchmal, immer seltener, hatte er Albträume. Ayana wurde dann wach und streichelte ihn. Sie sagte, es gebe in ihrer Sprache keine Vergangenheit. Michalka war in den Jahren mit ihr sanftmütig und ruhig geworden.

—

Irgendwann wurden die Behörden auf ihn aufmerksam. Sie wollten seinen Pass sehen. Sein Visum war längst abgelaufen, er lebte schon seit sechs Jahren in Äthiopien. Sie waren höflich, bestanden aber darauf, dass er in die Hauptstadt müsse, um die Sache zu klären. Michalka hatte ein schlechtes Gefühl, als er sich verabschiedete. Dereje brachte ihn zum Flughafen, seine Familie winkte ihm nach, Ayana weinte.

In Addis Abeba wurde er auf die deutsche Botschaft geschickt. Dort sah ein Beamter in den Computer und verschwand mit seinem Pass. Michalka musste eine Stunde warten. Als der Beamte wieder erschien, hatte er ein ernstes Gesicht und brachte zwei Wachleute mit. Er wurde festgenommen, der Beamte las ihm den Haftbefehl eines Richters in Hamburg vor. Banküberfall, überführt durch Fingerabdrücke, die er auf dem Tresen der Bank hinterlassen hatte. Seine Fingerabdrücke waren gespeichert, weil er einmal in eine Schlägerei verwickelt gewesen war. Michalka versuchte sich loszureißen. Er wurde zu Boden gebracht, und ihm wurden Handschellen angelegt. Nach einer Nacht in der Zelle im Keller des Botschaftsgebäudes flog er zusammen mit zwei Sicherheitsbeamten nach Hamburg und wurde dem Ermittlungsrichter vorgeführt. Drei Monate später wurde er zur Mindeststrafe von fünf Jahren verurteilt. Das Urteil war milde, weil die Tat lange zurücklag und Michalka keine Vorstrafen hatte.

Er konnte Ayana nicht schreiben, weil es noch nicht einmal eine Adresse gab. Die deutsche Botschaft in Addis Abeba konnte oder wollte ihm nicht weiterhelfen. Natürlich gab es in dem Dorf kein Telefon. Er hatte kein Foto. Er sprach kaum und wurde zum Einzelgänger. Tag reihte sich an Tag, Monat an Monat, Jahr an Jahr.

—

Nach drei Jahren bekam er zum ersten Mal Vollzugslockerungen und unbegleiteten Haftausgang. Er wollte sofort nach Hause, er konnte nicht ins Gefängnis zurück. Aber er hatte weder das Geld für den Flug noch einen Pass. Er wusste, wie er beides bekommen konnte. In der Haft hatte er die Adresse eines Fälschers in Berlin aufgeschnappt. Also trampte er dorthin. Inzwischen wurde wieder nach ihm gefahndet. Er fand den Fälscher, aber der wollte zunächst Geld sehen. Michalka hatte kaum Geld.

Er war verzweifelt. Er lief drei Tage, ohne zu essen und zu trinken, durch die Stadt. Er rang mit sich, er wollte keine neue Straftat begehen, aber er musste nach Hause, zu seiner Familie, zu Ayana und Tiru.

Schließlich kaufte er am Bahnhof von seinem letzten Haftgeld eine Spielzeugpistole und ging in die erste Bank, die er sah. Er sah die Kassiererin an, die Pistole hielt er mit dem Lauf nach unten. Sein Mund war trocken. Er sagte ganz leise: »Ich brauche Geld, bitte entschuldigen Sie, ich brauche es wirklich.« Sie verstand ihn erst nicht, dann gab sie ihm das Geld. Später sagte sie, sie habe »Mitleid« gehabt. Sie nahm das Geld von dem vorbereiteten Stapel für Überfälle und löste damit einen stillen Alarm aus. Er nahm es, legte die Pistole auf den Tresen und sagte: »Es tut mir so leid. Bitte verzeihen Sie mir.« Vor der Bank war ein Stück grüner Rasen. Er konnte nicht mehr wegrennen. Er ging ganz langsam. Dann setzte er sich und wartete einfach ab. Michalka war zum dritten Mal am Ende.

—

Ein Zellengenosse Michalkas bat mich, den Fall zu übernehmen, er kenne Michalka aus Hamburg und übernehme die Kosten der Verteidigung. Ich besuchte Michalka in der Justizvollzugsanstalt Moabit. Er legte mir den Haftbefehl auf dem üblichen roten Papier, das die Justiz dafür benutzt, vor: Banküberfall und dazu eine offene Reststrafe von 20 Monaten aus der alten Verurteilung in Hamburg. Eine Verteidigung schien sinnlos, Michalka war auf frischer Tat gefasst, und er war wegen des gleichen Deliktes bereits bestraft worden. Es ging also nur um das Strafmaß, und das würde natürlich fürchterlich hoch sein. Aber irgendetwas beeindruckte mich an Michalka, irgendetwas war an diesem Fall anders. Der Mann war nicht der typische Bankräuber. Ich übernahm seine Verteidigung.

In den kommenden Wochen besuchte ich Michalka oft. Anfangs redete er kaum mit mir. Er schien mit allem abgeschlossen zu haben. Nach und nach öffnete er sich ein wenig und erzählte langsam seine Geschichte. Er wollte nichts preisgeben, er glaubte, er verrate seine Frau und seine Tochter, wenn er im Gefängnis ihre Namen ausspräche.

Die Verteidigung kann beantragen, dass ein Psychiater oder ein Psychologe den Angeklagten untersucht. Das Gericht wird einem solchen Antrag folgen, wenn es gelingt, Tatsachen vorzutragen, die nahelegen, dass der Angeklagte an einer psychischen Krankheit, einer Störung oder Auffälligkeit leidet. Natürlich ist das Gutachten des Sachverständigen für das Gericht nicht bindend – der Psychiater kann nicht *entscheiden*, ob ein Angeklagter schuldunfähig oder vermindert schuldfähig ist. Nur das Gericht kann darüber urteilen. Aber der Gutachter hilft dem Gericht, er liefert den Richtern die wissenschaftlichen Grundlagen.

Es war offensichtlich, dass Michalka bei der Tat an einer Störung litt, niemand entschuldigt sich bei einem Bankraub, setzt sich mit der Beute auf eine Wiese und wartet auf seine Festnahme. Das Gericht beauftragte einen psychiatrischen Sachverständigen, und zwei Monate später lag das schriftliche Gutachten vor. Der Psychiater ging davon aus, dass eine Einschränkung der Steuerungsfähigkeit vorlag. Alles Weitere würde er in der Hauptverhandlung vortragen.

—

Der Prozess fand fünf Monate nach Michalkas Verhaftung statt. Die Strafkammer war neben der Vorsitzenden mit einem jüngeren Berufsrichter und zwei Schöffinnen besetzt. Die Vorsitzende hatte lediglich einen Tag für die Verhandlung angesetzt.

Michalka gestand den Banküberfall. Er sprach zögernd und zu leise. Die Polizisten berichteten, wie sie Michalka festgenommen hatten. Sie schilderten, wie er auf dem Rasen gesessen hatte. Der Polizeihauptmeister, der ihn »fixiert« hatte, sagte, Michalka habe keinen Widerstand geleistet.

Die Kassiererin sagte, sie habe keine Angst gehabt, der Räuber habe ihr eher leid getan, er habe so traurig ausgesehen. »Wie ein Hund«, sagte sie. Der Staatsanwalt fragte sie, ob sie jetzt Angst bei ihrer Arbeit habe, ob sie krankgeschrieben worden sei, ob sie eine Opfertherapie habe machen müssen. Sie verneinte alles. Der Räuber sei einfach ein armer Kerl gewesen, höflicher als die meisten Kunden. Der Staatsanwalt musste diese Fragen stellen: Hätte die Zeugin wirklich Angst gehabt, wäre das ein Grund für eine höhere Strafe.

Die Spielzeugpistole wurde in Augenschein genommen, ein billiges Modell aus China. Sie wog nur ein paar Gramm und sah nicht gefährlich aus. Eine Schöffin nahm sie in die Hand, sie entglitt, fiel zu Boden, und ein Stück Plastik platzte ab. Eine solche Waffe konnte man kaum ernst nehmen.

Nachdem die Tat selbst in einem Verfahren aufgeklärt ist, ist es üblich, dass der Angeklagte zu seinen »persönlichen Verhältnissen« befragt wird.

Michalka war die ganze Zeit über fast völlig abwesend, es war mühsam, ihn zu bewegen, wenigstens ansatzweise sein Leben zu erzählen. Nur ganz langsam, nur Stück für Stück, versuchte er seine Geschichte wiederzugeben. Es gelang kaum, ihm fehlten die Worte. Wie viele Menschen hatte er Schwierigkeiten, seine Gefühle auszudrücken. Es erschien einfacher, den psychiatrischen Sachverständigen den Lebenslauf des Angeklagten vortragen zu lassen.

Der Psychiater war gut vorbereitet, er schilderte Michalkas Leben in allen Einzelheiten. Das Gericht kannte das bereits aus dem schriftlichen Gutachten, aber für die Schöffen war alles neu. Sie waren aufmerksam. Der Psychiater hatte Michalka in ungewöhnlich vielen Sitzungen befragt. Als er endete, wandte sich die Vorsitzende an Michalka, ob der Sachverständige alles richtig wiedergegeben habe. Michalka nickte: »Ja, hat er.«

Dann wurde der Sachverständige nach seiner wissenschaftlichen Einschätzung der psychischen Situation bei dem

Überfall auf die Bank befragt. Der Psychiater erklärte, dass das dreitägige Umherirren in der Stadt, ohne dass Michalka dabei etwas gegessen oder getrunken habe, seine Steuerungsfähigkeit erheblich eingeschränkt habe. Michalka habe kaum mehr gewusst, was er tat, und er habe seine Handlungen fast nicht mehr selbst bestimmen können. Die Beweisaufnahme wurde geschlossen.

In einer Verhandlungspause sagte Michalka, dass das doch alles keinen Sinn habe, wieso man sich so viel Mühe mit ihm mache, er würde sowieso verurteilt.

In einem Strafprozess plädiert zuerst die Staatsanwaltschaft. Anders als in Amerika oder England ist sie in Deutschland keine Partei, sondern verhält sich neutral. Sie ist objektiv, sie ermittelt auch entlastende Umstände, und deshalb gewinnt sie nicht, und sie verliert nicht – die Staatsanwaltschaft hat keine Leidenschaft außer dem Gesetz. Sie dient nur dem Recht und der Gerechtigkeit. So ist es zumindest in der Theorie. Und während eines Ermittlungsverfahrens stimmt das auch in aller Regel. Aber in der Hitze eines Prozesses verändern sich die Verhältnisse oft, und die Objektivität beginnt zu leiden. Das ist menschlich, denn ein guter Ankläger bleibt eben immer ein Ankläger, und es ist mehr als schwierig, anzuklagen und gleichzeitig neutral zu bleiben. Vielleicht ist das ein Webfehler in unserer Strafprozessordnung, vielleicht verlangt das Gesetz einfach zu viel.

Für Michalka beantragte der Staatsanwalt neun Jahre. Er sagte, dass er nicht glaube, dass die Geschichte, die Michalka erzählt habe, stimme. Sie sei »zu phantastisch und vermutlich frei erfunden«. Auch eine verminderte Schuldfähigkeit wolle er nicht annehmen, denn die Ausführungen des Psychiaters würden nur auf den Angaben des Angeklagten beruhen und seien durch nichts belegt. Fakt sei nur, dass Michalka einen Banküberfall begangen habe. »Die gesetzliche Mindeststrafe für einen Bankraub ist fünf Jahre«, sagte er. »Es ist bereits das zweite Mal, dass der Angeklagte dieses Delikt verübt hat. Als einzige Milderungsgründe kann man anerkennen, dass die Beute sichergestellt wurde und dass er ein Geständnis abgelegt hat. Neun Jahre sind daher der Tat und der Schuld des Angeklagten angemessen.«

Natürlich kann es nicht darum gehen, ob man die Angaben eines Angeklagten *glaubt*. Vor Gericht geht es um Beweise. Der Angeklagte ist dabei im Vorteil: Er muss nichts beweisen. Weder seine Unschuld noch die Richtigkeit seiner Aussage. Aber für Staatsanwaltschaft und Gericht gelten andere Regeln: Sie dürfen nichts behaupten, was sie nicht auch belegen können. Das klingt viel einfacher, als es ist. Niemand ist so objektiv, dass er Vermutung und Nachweis immer auseinanderhalten kann. Wir glauben, etwas sicher zu wissen, wir verrennen uns, und oft ist es alles andere als einfach, wieder zurückzufinden.

Plädoyers sind in unserer Zeit für einen Prozess nicht mehr entscheidend. Staatsanwaltschaft und Verteidigung sprechen nicht zu Geschworenen, sondern zu Richtern und Schöffen. Jeder falsche Ton, jedes Brustaufreißen und jede geschraubte Formulierung sind unerträglich. Die großen Schlussvorträge passen in frühere Jahrhunderte. Die Deutschen mögen kein Pathos mehr, es hatte einfach zu viel davon gegeben.

Aber manchmal kann man sich eine kleine Inszenierung erlauben, einen unerwarteten letzten Antrag. Michalka selbst hatte davon nichts geahnt.

Eine Bekannte arbeitete im diplomatischen Dienst, sie war in Kenia stationiert und half mir. Über viele Umwege hatte sie Michalkas Freund, den Arzt aus der Provinzhauptstadt, gefunden. Der Arzt sprach perfekt Englisch, ich hatte mit ihm telefoniert und ihn gebeten, hier auszusagen. Als ich ihm vorschlug, die Flugkosten zu übernehmen, hatte er mich ausgelacht. Er hatte gesagt, er sei so glücklich, dass sein Freund noch lebe, er würde überall hinkommen, um ihn zu sehen. Und jetzt stand er vor der Tür des Gerichtssaales und wartete.

Mit einem Schlag war Michalka hellwach. Er sprang auf, als der Arzt den Saal betrat, und wollte zu ihm, die Tränen liefen ihm herunter. Die Wachtmeister hielten ihn fest, aber die Vorsitzende winkte ab und ließ es zu. Die beiden umarmten sich mitten im Gerichtssaal, Michalka hob den zierlichen Mann hoch und drückte ihn an sich. Der Arzt hatte ein Video mitgebracht, ein Wachtmeister wurde losgeschickt, um ein Abspielgerät zu holen. Wir sahen jetzt das Dorf, die Seilbahn, die Lastwagen, lauter Kinder und Erwachsene, die ständig lachend in die Kamera winkten und »Frroank, Frroank« riefen. Und dann sah man endlich Ayana und Tiru. Michalka weinte und lachte und weinte wieder. Er war völlig außer sich. Er saß neben seinem Freund und zerquetschte fast dessen Finger mit seinen enormen Händen. Die Vorsitzende und eine der Schöffinnen hatten Tränen in den Augen. Es war alles andere als eine typische Gerichtsszene.

Unser Strafrecht ist Schuldstrafrecht. Wir strafen nach der Schuld eines Menschen, wir fragen, in welchem Maß wir ihn für seine Handlungen verantwortlich machen können. Das ist kompliziert. Im Mittelalter war es einfacher, man bestrafte nur nach der Tat: Einem Dieb wurde die Hand abgehackt. Und zwar immer. Es war ganz gleich, ob er aus Geldgier stahl oder weil er sonst verhungert wäre. Strafen war damals eine Art Mathematik, auf jede Tat stand ein genau festgelegtes Strafmaß. Unser heutiges Strafrecht ist klüger, es wird dem Leben gerechter, aber es ist auch schwieriger. Ein Bankraub ist eben nicht immer nur ein Bankraub. Was konnten wir Michalka schon vorwerfen? Hatte er nicht das getan, was in uns allen ist? Hätten wir an seiner Stelle tatsächlich anders gehandelt? Ist es nicht die Sehnsucht aller Menschen, zu denen zurückzukehren, die sie lieben?

Michalka wurde zu zwei Jahren verurteilt. Eine Woche nach dem Prozess traf ich die Vorsitzende auf einem der langen Gerichtsflure in Moabit. Sie sagte, dass die Schöffen zusammengelegt hätten, um ihm ein Flugticket zu kaufen.

Nachdem Michalka die Hälfte der Strafe verbüßt hatte, wurde er auf Bewährung entlassen. Der Vorsitzende der Vollstreckungskammer, eine Art fontanescher Stechlin, ließ sich die ganze Geschichte nochmals erzählen und brummte nur: »Dolles Ding.« Dann verfügte er die Entlassung.

Michalka lebt heute wieder in Äthiopien und hat die dortige Staatsbürgerschaft angenommen. Tiru hat inzwischen einen Bruder und eine Schwester bekommen. Manchmal ruft Michalka mich an. Er sagt immer noch, er sei glücklich.

Ceci n'est pas une pomme.

Inhalt

Vorwort 5

Fähner 7
Tanatas Teeschale 21
Das Cello 43
Der Igel 59
Glück 75
Summertime 89
Notwehr 121
Grün 141
Der Dorn 161
Liebe 177
Der Äthiopier 185